Bernard Palissy

Palissy der Hugenotten-Töpfer

Eine Erzählung aus dem französischen Religionskriege

Bernard Palissy

Palissy der Hugenotten-Töpfer
Eine Erzählung aus dem französischen Religionskriege

ISBN/EAN: 9783743628922

Hergestellt in Europa, USA, Kanada, Australien, Japan

Cover: Foto ©Andreas Hilbeck / pixelio.de

Weitere Bücher finden Sie auf **www.hansebooks.com**

Siehe Seite 16.

Palissy,

der

Hugenotten-Töpfer.

Eine Erzählung
aus dem französischen Religionskriege.

Bremen,
Verlag des Tractathauses.
1866.

Vorrede.

Der Name Palissy ist unter Frankreichs Künstlern und Naturforschern wohl bekannt.*) Doch Wenige wissen, daß er ein eifriger Jünger Jesu war, und um Seines Namens Willen viele Verfolgungen erduldet hat. Die folgende Erzählung ist größtentheils aus seinen eignen Schriften entnommen und wird nicht verfehlen, den Leser zu überzeugen, daß wenn ein Künstler auch gerne alles Irdische zur Erreichung seines sich vorgesteckten Zieles zu opfern

---

*) In einer Pariser Zeitung ist kürzlich berichtet worden, daß man beim Graben des Fundaments eines Hauses einen eisernen Ofen, Tiegel und Werkzeuge, die Palissy angehörten, gefunden hat.

bereit ist, er dennoch von ganzem Herzen seinem
Heilande anhängen und willig sein kann, sein höch=
stes irdisches Streben und selbst sein Leben für Ihn
dahin zu geben.

Dieses Buch sollte einen Platz in jeder Volks =
Bibliothek finden und wir hoffen, daß es nicht nur
zur Unterhaltung dienen, sondern auch zur Nach=
ahmung anreizen wird.

Erster Theil.

1. Kapitel.

Und einem gab er fünf Centner, dem andern zwei, dem dritten einen, einem Jeden nach seinem Vermögen. Matth. 25, 15.

Im südwestlichen Frankreich ist die alterthümliche Stadt Saintes, die Hauptstadt der ehemaligen Provinz Saintogne, reizend an dem Flusse Charente gelegen, und einstmals war sie die blühendste Stadt in ganz Guyenne. Sie ist eine sehr alte Stadt und war zur Römerzeit eine der Hauptstädte von Aquitarria. Es sind noch jetzt schwache Spuren von einem Amphitheater vorhanden und über dem blauen Wasser der Charente wölbt sich eine herrliche Römerbrücke, die auf ihrem Bogen eine, jetzt freilich unleserlich gewordene, lateinische Inschrift trägt. Am Fuße eines Berges gelegen, macht das Aeußere der Stadt, aus weniger Entfernung gesehen, einen guten Eindruck, allein die Straßen sind eng und krumm

1

Die Stadt Saintes.

unb die Häuser niedrig und schlecht gebaut. Vor
Zeiten konnte sie sich noch einer alterthümlichen Ka-
thedrale rühmen, die dem St. Petrus geweiht war
und von Karl dem Großen erbaut sein sollte; allein
davon ist jetzt nur noch der Glockenthurm übrig geblieben und überhaupt sind die meisten Alterthümer
wovon die Stadt einst Ueberfluß hatte, jetzt zu den
dagewesenen Dingen zu zählen. Den größten Antheil
an diesem Verfall schreibt man den Religionskämpfen
zu, die in Saintes mit ganz besonderer Hartnäckig-
keit geführt wurden und Einiges davon wird man
in unserer Erzählung von Pallissy, dem Töpfer,
eingeflochten finden.

Es war im Jahre 1538, an einem Morgen im
Monat Mai, daß die Einwohner dieser alten Stadt
mit den engen Straßen, die wir soeben beschrieben
haben, durch die Erscheinung einer ganz fremden
Familie unter ihnen überrascht wurden. Die neuen
Ankömmlinge waren ein junges Paar, das einen
Säugling mit sich führte und sich alsbald in einem
kleinen Häuschen in der Vorstadt häuslich einrich-
teten, welches seine Fronte einer der steilen, krummen
Straße zukehrte und als eine Werkstatt aussah, in
welcher verschiedene Sachen, die Aufmerksamkeit der
Vorübergehenden anzuziehen, aufgestellt wurden.
Unter Anderm stand am Eingang der Hausthür die

Figur eines Hundes so lebenstreu modellirt und an-
gemalt, daß sehr oft dieser störrig blickende Hüter
der Schwelle von den verwunderten Hunden der
guten Stadt zum Zweikampf heraus gefordert wurde.

Es dauerte nicht lange, bis die Einwohner von
Saintes herausbrachten, daß das Haupt dieser
kleinen Familie Bernard Palissy hieße und daß er
den Wunsch hege, bei ihnen als Feldmesser, Maler
oder Glasarbeiter Beschäftigung zu finden. Man
fand sehr bald, daß er zu der erstgenannten Beschäftigung ganz besonders geeignet war. Er besaß
gründliche Kenntnisse in der Geometrie und Geschick
in Handhabung der Meßkette und des Zirkels, so
daß er im Stande war Häuser und Gärten auszu-
messen, Risse davon zu zeichnen, und Karten von
Grundeigenthum anzufertigen, was bei Grenzstrei-
tigkeiten früher in den meisten Ländern der Grund
zu endlosen Prozessen, von großem Nutzen sein
konnte. Allein unglücklicher Weise kam Landmessen
nur dann und wann vor und er war daher vornehmlich auf seine Geschicklichkeit im Malen und
Glasarbeiten angewiesen um für sich und seine Familie den Unterhalt zu schaffen. Nach kurzer Zeit
schon sahen die Nachbarn den jungen Künstler, dessen
Geist und Lebendigkeit sie anzog und der allenthalben
in seiner Umgebung Sonnenschein zu verbreiten

wußte, mit günstigen Augen an, denn Palissy war allezeit voller Hoffnung und blickte selbst in der Stunde der größten Trübsal immer noch fröhlich in die Zukunft. Zur Zeit als er sich in Saintes niederließ, war er etwa dreißig Jahre alt. Von seiner früheren Geschichte ist wenig bekannt, er wurde in der Diöcese Agen von armen Eltern geboren, die nicht im Stande waren, ihm das Glück einer sorgfältigen Erziehung zu Theil werden zu lassen. Indeß lernte er doch Rechnen und Schreiben und von frühester Jugend an zeigte er Anlage zum Zeichnen und Entwerfen, so daß er bald einen solchen Grad von Fertigkeit darin erlangte, daß er überall als Glasmaler und Musterzeichner Beschäftigung finden konnte.

Von dem Wenigen, welches er damit verdiente, lebte er auf seinen Reisen durch die Hauptprovinzen Frankreichs, das er nach allen Richtungen hin durchzog, überall mit jugendlichem Eifer und offenem Sinn die Werke Gottes und die Erzeugnisse menschlicher Kunst beschauend.

Neun bis zehn Jahre wanderte er in dieser Weise umher und nur bisweilen ruhte er und schlug dann an Orten, wo er Beschäftigung fand, zeitweilig seine Wohnung auf. So wohnte er einige Jahre zu Tarbes, die Hauptstadt der ehemaligen Provin

Bigorre, (gegenwärtig dem Departement Hautes
Pyrénées einverleibt) und noch in einigen andern
Städten. Offenbar waren diese Jahre die Lehrjahre
für seinen jungen, unermüdlichen, forschenden Geist.
Er sammelte sich Kenntnisse, die späterhin herrliche
Früchte trugen. Er erforschte die Künste der Gegen=
wart und studirte die Denkmäler des Alterthums,
dabei achtete er auf Sitten und Gebräuche, welche
an den Orten, die er besuchte, herrschten, er erwarb
sich Fertigkeit der Hand, während er zu gleicher Zeit
seinen Verstand ausbildete. Sein liebstes Studium
aber, in welchem er den größten Genuß fand, war
das Studium der Natur. Das große Interesse,
welches die verschiedenen Eigenschaften des Erdreichs,
der Felsen, des Sandes, des Wassers für ihn hatten,
weil er bei seiner Beschäftigung stets damit umgehen
mußte, hatte ihn zum Naturforscher gemacht. Allent=
halben, wo er sich aufhielt, benutzte er seine Muße=
stunden dazu, durch Wald und Flur zu streifen und
das wunderbare Buch zu studiren, das die Menschen
das Buch der Natur nennen.

Es ist Zeit, daß wir die unscheinbare Wohnung
dieses genialen Mannes besuchen, der, da nun seine
Wanderjahre zu Ende sind, sich seinen Hausstand
eingerichtet hat und in den Ernst des Lebens ein=
tritt, erfüllt mit jenem Bewußtsein von Kraft, wel=

ches die Hoffnung gebiert, dabei aber einfältigen
Herzens und liebreich, wie ein Kind. Bernards Werkstatt war nichts anderes, als ein kleines Hinter-
haus, in welchem er arbeitete und woran ein kleiner
Garten stieß, voll von den ausgesuchtesten Pflanzen
und Kräutern, die er auf seinen Streifzügen in die
Gehölze und Wiesen um Saintes herum, antraf.
Die Abendstunde, die das Gefühl der Ermattung
und ein Verlangen nach Ruhe in ihrem Gefolge hat,
ist eben angebrochen, und der Künstler hat sein Ge-
räth bei Seite gelegt und spielt mit dem kleinen
Nicole, seinem Erstgeborenen, während seine Augen
zärtlich auf seine junge Frau blicken, die, fein und
zart gebaut, nicht sehr geeignet scheint, die Mühen
und Sorgen des Lebens zu tragen — wir müssen
hinzufügen, die Sorgen, die der Frau eines Genies
eigenthümlich sind.

Indeß gegenwärtig sind die bösen Tage für sie
noch nicht erschienen und sie erwidert seine freundlichen Worte mit liebevollen Blicken. Er erzählt ihr
von dem herrlichen Spaziergang, den er früh am
Morgen gemacht und von den Schätzen, die er gesehen und gesammelt hat. Auf seinem Werktisch steht
ein großer irdener Topf, gefüllt mit Blumen und
Laubwerk und sein Pinsel ist fleißig in Bewegung
gewesen, die glänzenden Farben und herrlichen For

men dieser wilden Pflanzen mit der kleinlichen Ge-
nauigkeit eines Naturforschers nachzubilden. Lisette
hat seine Mappe aufgeschlagen und blättert in den
losen Skizzen, die sie enthält; Schmetterlinge, Eidechsen, Käfer und noch viele andere wilde Kreaturen
sind darin, alle nach der Natur gezeichnet und treu
bis auf das kleinste Netzwerk eines Insectenflügels.
Auf ihre Aeußerungen des Vergnügens antwortet er:
„Wahrlich es ist ein großer Genuß für Solche, die die
wunderbaren Werke der Natur zu betrachten und zu
bewundern gewohnt sind und mich dünkt, es giebt
nichts Besseres, als sich dem Landbau zu widmen und
Gott zu verherrlichen und Ihn in Seinen Werken
zu bewundern. Als ich unter dem Schatten der Kastanien die Allee entlang ging, hörte ich das Mur-
meln des Bächleins, das am Fuße des Hügels dahin-
fließt und drüben an der andern Seite das Singen
der Böglein in den Zweigen, da fiel mir der 104.
Psalm ein, in welchem der Prophet singt: „Du
lässest Brunnen quellen in den Gründen, daß die
Wasser zwischen den Bergen hinfließen‚“ und dann
weiter, „An denselben sitzen die Vögel des Himmels,
und singen unter den Zweigen!“

Die Mutter nahm jetzt das Kind zu sich und
begann es zu entkleiden, während der Vater lächelte
und halb mit sich selbst redend, fortfuhr: „Als ich

ans Ende der Allee angekommen war, wandte ich
mich dem Walde und den Bergen zu und dort fand
ich große Befriedigung und herrliche Freude, denn
ich sah die Eichkätzchen Nüsse sammeln und mit an-
muthigen Geberden von Ast zu Ast hüpfen; weiter
hin traf ich die Krähen beim Frühstück; auch sah ich
unter einem Apfelbaum einige Igel, die nachdem sie
sich zusammengerollt hatten und es ihnen gelungen
war, mit ihren Stacheln einen herabgefallenen Apfel
zu spießen, also beladen davon eilten. Ich sah auch
noch viele andere Dinge, wovon jener Psalm erzählt,
nämlich die Kaninchen hüpfend und spielend auf den
Bergen in der Nähe von Höhlen in Steinklüften,
welche der oberste Baumeister für sie gemacht hat,
und wenn die Thierchen plötzlich einen Feind er-
blickten, dann wußten sie sich sehr wohl an dem Ort,
der ihnen als Wohnung angewiesen ist, zu verbergen.
Da rief ich aus: „Herr, wie sind deine Werke so
groß und viel? Du hast sie alle weislich geordnet!"
Solche Betrachtungen haben mich zu einem so großen
Liebhaber von Feld und Wald gemacht, daß es mir
scheint, es gäbe auf Erden keine Schätze so köstlich
als diese, oder die so werth zu halten seien, dennoch
sind sie die allerverachtetsten.

In diesem Augenblick sah Lisette, die von der
Bank, auf welcher sie zusammen gesessen hatten, auf-

gestanden war, nach dem Gartenzaun hinüber und
bemerkte einen großen Mann, der sich darauf lehnte.
Sie machte ihren Mann darauf aufmerksam und zog
sich alsdann mit ihrem Kinde in die Kammer zurück.
Einige Augenblicke hernach war Bernard mit dem
Fremden im eifrigen Gespräch begriffen. Sie sprachen
leise, als ob sie wünschten nicht belauscht zu werden.
„Laßt uns zusammen ins Freie gehen," sprach Palissy „ich muß mit euch an einem Orte reden, Meister Philibert, wo wir unsern Worten freien Lauf
lassen können", und alsbald waren die Beiden in der
Dämmerung verschwunden.

Dieser Meister Philibert Hamelin, mit welchem
unser Künstler sich so eifrig unterhielt, war einer
jener „Laien und ungelehrten Männer", dessen
Name auf der Liste der „Ketzer" als mit dem Makel
der Abtrünnigkeit von der römisch-katholischen
Kirche behaftet, verzeichnet stand. Zur Zeit, als
Palissy ins öffentliche Leben eintrat, wurden die
Gemüther der Menschen durch die religiösen Streitigkeiten, welche im sechzehnten Jahrhundert ganz
Europa erschütterten, im höchsten Grade aufgeregt.
Von Deutschland aus hatte sich das Verlangen nach
geistiger Befreiung verbreitet und nicht lange währte
es, da war das Feuer, welches während der Huge-
nottenkriege in Frankreich so furchtbar wüthete,
angezündet.

Beispiele von religiöser Verfolgung, grausamer Bestrafung von Ketzern und Ausbrüche von Glaubensstreitigkeiten müssen sicherlich Palissy's Aufmerksamkeit während seiner Wanderjahre sehr oft auf sich gezogen haben.

Saintes, wie wir schon angedeutet haben, wurde eine Feste des neuen Glaubens. Viele „Ketzer", und unter ihnen Calvin, der große Reformator selbst, hatten in Saintonge, derselben Provinz, in welcher Palissy später seine Wohnung aufschlug, eine Zuflucht gesucht. Er wohnte daselbst im Hause eines jungen Mannes, der reiche Verwandte hatte und dieser Jüngling veranlaßte Calvin, während er sich bei ihm verborgen hielt, dazu Predigten und Ermahnungen zu schreiben, welche er dann von den Pastoren der Umgegend in ihrer Gemeinde vortragen ließ. Diese Pastoren waren gewissermaßen „reformirte Mönche", welche, nachdem sie die neue Lehre angenommen, die Leute besuchten und ins Geheime lehrten, und dadurch, daß sie Unterricht ertheilten, nach und nach Manchem die Augen öffneten, so daß er die Irrthümer der römischen Kirche einsah.

Zu denen, welche mit Eifer die Lehren Calvin's erfaßt hatten, gehörte Hamelin, der, da er in Verdacht der Ketzerei gerathen war, von Saintes flüchtete und nach Genf, zu jener Zeit der Sammelplatz

der französischen Reformatoren, reiste, wo er eine
klare Einsicht in die göttlichen Wahrheiten erlangte
und an Frömmigkeit zunahm. Eifrig, auch Andern
den Glauben den er ergriffen, anzupreisen, wanderte
er von Ort zu Ort, durch die Provinzen seines Vater=
landes und bemühte sich, wohin er kam, die Männer
zu veranlassen, daß sie Prediger bestellten und
Kirchengemeinden bildeten. Er war so begierig, das
Evangelium auszubreiten, daß er Buchdrucker wurde
und Bibeln druckte, die er dann in Städten und
Dörfern colportirte. Auf seinen Reisen kam er durch
eine Stadt, in welcher Palissy sich eine Zeit lang
aufhielt. Der Geist des jungen Künstlers wurde
mächtig angeregt, als er den einbringlichen Ermah=
nungen Hamelins zuhörte, der eine kleine Zuhörer=
schaft, von acht bis zehn Personen um sich versam=
melt hatte und sich bemühte, sie für Gottes Sache
zu gewinnen, indem er sie zum gemeinschaftlichen
Gebet und gegenseitiger Belehrung ermahnte.

Sein Unterricht senkte sich wie der Thau auf
des jungen Mannes Herz und dieser suchte begierig
die Bekanntschaft des Predigers, um sich bei ihm
Raths zu erholen. Von jener Zeit an erfreute sich
der verfolgte Hugenot der Liebe und Verehrung
Palissy's, der von ihm nie anders als mit der größ=
ten Achtung und Zuneigung sprach.

In der Zeit, von welcher wir reden, hatte, obgleich die Verfolgung noch nicht bis Saintonge gedrungen war, der Kampf in vielen Städten mit
lärmenden Volksversammlungen begonnen und Alle
die sich bei diesen Ausbrüchen betheiligten, waren
hart bestraft worden. Emissaire der Geistlichkeit
überwachten die Verdächtigen aufs Schärfste und
Männer wie Hamelin waren in Gefahr bei ihren
Unternehmungen Geld- und Gefängniß- ja sogar
Todesstrafe zu erleiden. Auch war es nicht ohne
Gefahr für seine eigene Sicherheit, daß Palissy die
Freundschaft eines so verrufenen Mannes pflegte,
und das wußte er sehr wohl. Indeß lag es nicht in
seinem Character, in einer solchen Sache vor Gefahren und Widerwärtigkeiten zurückzuschrecken.

Es wird unnöthig sein, zu erzählen, was an dem
Abend, an welchem wir Palissy bei unsern Lesern
einführten, zwischen den beiden Freunden vorging.
Der Besuch Hamelin's war geheim und kurz. Er
war zu dem Zweck gekommen, den armen Leuten,
die er früher in der Umgegend von Saintes unterrichtet hatte, drei Lehrer zu bringen, welche, nachdem
sie sich von den Irrthümern der römischen Kirche
überzeugt hatten, sich zur Flucht gezwungen gesehen
und von selbst in die Verbannung gegangen waren.
Nachdem er sie der Freundschaft Bernard's em-

pfohlen und sich mit ihm der nöthigen Vorsichts=
maßregeln wegen berathen hatte, beeilte Hamelin
sich, eine Gegend wieder zu verlassen, in welcher er
allzu bekannt war, um es wagen zu können, sich
öffentlich sehen zu lassen.

Einige Jahre vergingen, ehe diese Beiden sich
wieder begegneten.

Wollen wir unserm Künstler auf seinem Wege
folgen, als er gedankenvoll seine Schritte langsam
heimwärts richtete? Er verfolgte im Innersten
seines Herzens einen Gedanken, welcher eigentlich
die Haupttriebfeder seiner ganzen geistigen und mo=
ralischen Thätigkeit war. Immer und immer wieder
kommt er in seinen Schriften mit großem Ernst auf
diesen einen Gedanken zurück, und in allen den lan=
gen Jahren des Ringens und Mühens, die Geschick=
lichkeit zu erlangen, die ihn in der Kunstgeschichte
unsterblich machen sollte, war dieser Gedanke sein
Antrieb und Sporn. Das Gleichniß von den Pfunden
— die Pflicht jedes Menschen, mit den Gaben und
Kräften, die er von Gott empfangen hat, zu wuchern —
war der Prüfstein, auf welchem Bernard seine eige=
nen Werke prüfte.

Seine eigenen Worte, lange nachher geschrieben,
werden dieses einleitende Kapitel am geeignetsten
schließen: „Wenn es auch Einige giebt, welche zu

keiner Zeit von der heiligen Schrift etwas hören
wollen, so bleibt es dennoch wahr, daß ich niemals
etwas Besseres gefunden habe, als dem Rath des
Herrn zu folgen; Seinen Geboten, Rechten und
Verordnungen; und in Anbetracht Seines Willens
habe ich gefunden, daß Er Seinen Kindern geboten
hat, ihr Brod im Schweiße ihres Angesichts zu essen
und mit den Pfunden, welche Er ihnen gegeben hat,
zu wuchern. Aus diesem Grunde habe ich auch die
Pfunde, welche mir zu verleihen Ihm gefallen hat,
nicht vergraben, sondern gesucht dieselben zur Ehre
dessen, der sie mir gegeben, nützlich anzuwenden und
zu vervielfältigen."

2. Kapitel.

Alles, was dir vorhanden kommt zu thun,
das thue frisch.   Pred. 9, 10.

Lange Zeit noch, nachdem Palissy sich in
Saintes niedergelassen hatte, blieb er beim Feld-
messen, Malen und Zeichnen, arbeitete fleißig, und
erzielte ein, wenn auch nur kleines, Einkommen, jedoch
ausreichend für seinen Haushalt, der sich vergrö-
ßerte, denn jetzt hatte er schon ein zweites Kindlein
zu liebkosen. Seiner Kraft sich bewußt, und nicht
befriedigt von einer Arbeit, die blos das tägliche
Brod einbrachte, bemühte er sich natürlicher Weise

mit Eifer, etwas Besseres zu ergreifen, als was er bislang gethan hatte.

Häufig vergeht eine lange Zeit, in welcher ein Mann von Geist Material zusammen sucht, ohne mit sich selbst klar darüber zu sein, wozu er dasselbe gelegentlich verwenden will, aber der Wendepunkt in seinem Leben erscheint und plötzlich, vielleicht durch einen vorübergehenden, blos zufälligen Umstand herbeigeführt, empfängt er den Anstoß, der ihn der Erfüllung seiner Bestimmung entgegen führt. So war es auch mit Palissy. Etwa zwei Jahre nach den Begebenheiten, im vorigen Kapitel erzählt, empfing Bernard einen kleinen Auftrag von einem der in der Nähe von Saintes wohnenden Edelleute. Dieser war ein Mann, der Geschmack und Sinn für die schönen Künste hatte, und in seinem Besitz fand sich eine Sammlung auserlesener maurischer Töpferwaaren. Nachdem er diese Palissy (der um seinen Auftrag in Empfang zu nehmen, aufs Schloß gekommen war) gezeigt hatte, holte der Edelmann aus dem Cabinet eine irdene Vase hervor, von so wunderbarer Schönheit in Form und Schmelz, daß unser Künstler vor Bewunderung verstummte. Er verstand nichts von der Töpferei, er besaß keine Kenntniß von Thonarten, aber das wußte er, daß kein Mann in ganz Frankreich ein solches Email hervorzubringen vermöchte.

Vielleicht weckte dieser letztere Gedanke seinen
Ehrgeiz. Dem sei nun wie ihm wolle, genug in demselben Augenblick erfüllte seine Seele der Gedanke,
daß er Email machen könne. Es konnte gemacht
werden, denn hier stand die Probe vor ihm. Der
einzige Mann im ganzen Lande zu sein, der diese
herrlichen Vasen machen konnte, würde nicht allein
seiner Familie reichlichen Unterhalt sichern, sondern
auch ein Triumph der Kunst sein — ein Räthsel,
vom größten Interesse zu lösen und eine Beschäftigung ganz nach seinem Herzen.

Am Abend rief er seine Frau zu sich und erzählte ihr, was er gesehen hatte und wie er seinen
Sinn darauf gesetzt habe, Email machen zu lernen.
Die arme Frau sah aus seinem strahlenden Antlitz,
daß er vergnügt war, sie wußte, daß er sie und ihre
Kinder liebe, und sie sagte kein Wort, ihm abzurathen,
wiewohl er ihr offen und mit jener Wahrhaftigkeit,
die ihm eigen war, erklärte, daß seine ersten Versuche mit vielen Kosten verknüpft sein würden. „Für
meine gewöhnlichen Geschäfte wird viel Zeit verloren gehen, zudem muß ich mir Zuthaten kaufen
und Schmelzöfen bauen, ohne daß das Alles anfangs
Früchte trägt und etwas einbringt. Es wird mir
mancher Versuch fehlschlagen und es kann eine lange
beschwerliche Zeit vergehen, ehe ich die Kunst lerne

2

und meine Aufgabe löse. Ich werde sein wie ein Mann, der im Finstern tappt, denn ich habe keine Kenntniß von Thon, noch habe ich jemals irdene Töpfe backen sehen, auch weiß ich nicht, aus welchen Bestandtheilen das Email besteht." Seine Frau meinte, daß es am Ende wohl besser sein möchte, wenn er fleißig und thätig in seinem gegenwärtigen Beruf bliebe und ihr blasses Angesicht röthete sich mit Stolz und Freude, als sie zu ihm aufblickte, der in ihren Augen schon ein vollkommener Künstler war. Aber er achtete nicht auf ihre Worte, außer daß er sie zärtlich bat, guten Muthes zu sein. Armuth und Mühe würden ihn, für seine Person, wenig bekümmert haben, und wäre er von der Sorge für seinen Haushalt befreit gewesen, er würde, aller Wahrscheinlichkeit nach, ausgewandert und zu den Töpfern gezogen sein, um so viel er konnte, von ihrem Handwerk zu erlernen. Allein er war an sein Haus und seine Pflichten und Sorgen gebunden, und somit mußte er ganz allein, ohne Stütze und ohne Theilnahme arbeiten. Nicht im Geringsten durch diese Schwierigkeiten entmuthigt, war sein Entschluß gefaßt — entweder die Erfindung zu machen, oder in dem Versuch zu Grunde zu gehen.

Ehe Palissy sich an diesem Abend zur Ruhe legte, nahm er wie seine Gewohnheit war, mit An-

dacht die heilige Schrift zur Hand, und indem er das
35. Kap. des 2. B. Mosis aufschlug, las er, wie Gott
den Bezaleel, den Sohn Uris mit Namen berief und
ihn mit Seinem Geist erfüllte, daß er weise, ver=
ständig, geschickt werde zu allerlei Werk, künstlich zu
arbeiten in Gold, Silber und Erz, Edelsteine schnei=
den und einsetzen, Holz zimmern, zu machen allerlei
künstliche Arbeit. „Dann bedachte ich," sagt er, „daß
Gott mich mit einiger Kenntniß in der Zeichenkunst
begabt habe und faßte ein Herz und flehete Ihn an
um Weisheit und Geschicklichkeit."

Palissy verlor keine Zeit, ans Werk zu gehen.
Er fing damit an, daß er sich einen Ofen baute, der
nach seiner Meinung seinem Zweck wohl entsprechen
werde und nachdem er sich eine Anzahl irdener Töpfe
gekauft und dieselben in Scherben zerbrochen hatte, be=
strich er diese mit verschiedenen chemischen Mischungen,
die er gemengt und gerieben hatte, und die, nach
seiner Voraussetzung in der Ofenhitze schmelzen
mußten. Er hoffte, daß von all diesen Mischungen,
die eine oder andere flüssig werden und sich in solcher
Weise über die Scherbe ausbreiten werde, daß er
dadurch einen Anhaltspunkt bekäme, in welcher Weise
das weiße Email fabricirt würde, denn dieses sei,
wie er gehört, die Grundlage aller andern. Ach!
sein erster Versuch war nur der Anfang einer end=

losen Reihe von Täuschungen und Verlüsten, während
er Monate und Jahre lang sich mit fruchtloser Arbeit abmühete. Allein wir dürfen unserer Geschichte
nicht vorgreifen. Glücklicher Weise ließ der feurige
Geist unseres Künstlers nicht zu, daß er den Schwierigkeiten unterlag, im Gegentheil, er schien aus dem
Kampfe selbst neue Thatkraft zu schöpfen, als er
Tag für Tag mit Liebe zur Sache und ganzer Willenskraft seine Versuche erneute und mit froher Hoffnung in der Irre tappte. Es ist ein wahres Wort,
Ideen werden in der Brust von Dichtern und Künstlern Leidenschaften.

Viele Monate sind nun schon in dieser Weise
verstrichen und die kleine Familie, die sich um Palissy's
bescheidenen Herd versammelt zeigt Symptome, daß
sie sich nicht mehr in dem gedeihlichen Zustande befindet, als wie wir sie zuerst gesehen haben. Lisette
sieht mager und abgehärmt aus und auf ihrer Stirn
ruht ein Schatten. Wie sie den Gartenweg hinunter
geht um ihren Mann zum Mittagsessen zu rufen,
könnt ihr bemerken, daß sie nur dürftig und ärmlich
gekleidet ist und nicht mehr die nette anmuthige
Haltung besitzt. Neben ihr, sie am Kleide fassend,
geht ein zartes Wesen, dessen blasses Antlitz eine
traurige Geschichte von kindlichen Leiden erzählt, und
der Säugling, den sie auf dem Arm trägt, sieht bleich

und schwächlich aus. Der Ofen und der Schuppen
in welchem Palissy arbeitet, stehen am Ende des
Gartens, soweit als möglich vom Hause entfernt.
Gleich daneben befindet sich die Landstraße und jen=
seits dieser, Felder und wüstes Land. Keine Mauer
oder Umzäunung ist darum, und wenn die Winter=
stürme rasen, konnte nichts ungemüthlicher und
frostiger sein. Palissy hat uns eine trübselige Be=
schreibung von dieser, seiner Werkstatt, hinterlassen.
„Ich war", erzählt er, „jede Nacht der Unbilde des
Wetters, dem Regen und dem Sturm preisgegeben,
ohne Beistand und ohne Gesellschaft, ausgenommen
die der Eulen, welche an der einen Seite krächzten
und der Hunde, die an der andern Seite heulten,
und oft hatte ich, in Folge des Regens, der durch
Dach und Wände drang, keinen trocknen Faden mehr
an meinem Leibe." Jetzt indeß sieht sie traulich und
malerisch aus, denn es ist Frühling und eine klare
freundliche Sonne scheint darauf. Zudem schallt aus
dem Schuppen, über welchen der Eigenthümer eine
rankende Rose gezogen hat, die ihre Ranken mit dem
Rohrdach verflochten und dasselbe mit Blumen über=
säet hat, eine fröhliche Stimme heraus. Es ist die
Stimme Palissy's, der mit tiefer Stimme den Psalm
singt, welchen Luther so sehr liebte, und dessen me=
lodische Strophen auch wir noch singen:

Gott ist unsre Hülf' und Stärke,
Unsre Zuflucht in der Noth.

Und der kleine Nicole, der eifrig den kleinen
Töpfer spielt, begleitet mit seiner schwachen Stimme
und schlägt den Takt mit seiner kleinen hölzernen
Schaufel. Lisetten's Angesicht heitert sich auf, als
sie dies hört, und im vergnügten Ton ruft sie Bernard herein und bittet den kleinen Knaben, seine
Schwester zurückzugeleiten.

Ungeachtet Palissh lustig sang und ein fröhliches
Gesicht zeigte, waren um diese Zeit seine Umstände
weit davon entfernt, befriedigend zu sein. Wirklich
hatte er eben wieder eine schwere Täuschung erfahren,
und insgeheim entschloß er sich so eben zu einem
Schritt, den er nur mit Ueberwindung und Schmerz
that. Nachdem alle Versuche mit seinem eigenen
Ofen fehlgeschlagen waren, kam er zu dem Entschluß
einen neuen Weg einzuschlagen und seine Versuche
nach dem Brennofen irgend eines Töpfers von Fach
zu schicken, um dort geprüft zu werden. Zu diesem
Zwecke kaufte er eine große Menge Steinzeug, welches er, nach seiner Gewohnheit, in Stücke zerbrach;
drei bis vierhundert derselben bestrich er mit verschiedenen Mischungen und schickte sie nach einer an-
derthalb Stunden Weges entfernten Töpferei, und
ersuchte die Arbeiter daselbst, diesen sonderbaren

Brand mit ihren eigenen Töpferwaaren zugleich zu
brennen. Sie waren gerne bereit, den Töpfer aus
Liebhaberei seine Versuche machen zu lassen; aber
ach! als diese Arbeit gethan war und die Scherben
aus dem Ofen genommen waren, erwiesen sie sich
als durchaus werthlos. Auf keines derselben war
auch nur eine Spur des langersehnten Schmelzes zu
entdecken. Die Ursache dieses Fehlschlagens war zu
dieser Zeit für den schwer getäuschten Bernard ein
Geheimniß und er kehrte höchst entmuthigt nach
Hause zurück, denn er wußte, daß seine Frau und
Kinder Vieles entbehrten, dessen sie sich erfreut ha=
ben würden, wenn er stetig bei seinem Glasmalen
und Landmessen geblieben wäre. Was war zu thun?
„Von vorne wieder anfangen.“ Und er ging auf's
Neue ans Werk zu mischen und zerreiben und noch
mehr Scherben zu demselben Töpfer zu senden, als
vorher. Dies setzte er eine Zeitlang „mit großen
Kosten, Zeitverlust, Aufregung und Kummer“ fort.
Endlich fand ein noch bedenklicheres Mißlingen als
gewöhnlich statt und dieses, mit vielen andern Um=
ständen, warnte unsern Künstler, daß es an der Zeit
sei, für eine Weile von seinem Vorhaben abzustehen
und sich nach lohnenderer Beschäftigung umzusehen.
Seine Mittel waren gänzlich erschöpft, während die
Bedürfnisse für seinen Hausstand sich bedeutend ver=

größert hatten und er konnte gegen das kummervolle
Aussehen seiner Frau, die er liebte, nicht blind sein,
noch gleichgültig gegen den Mangel, den seine Kinder
litten.

Drei Jahre hatte er auf diese Arbeit verwandt
und gegenwärtig war er noch nichts klüger, als da
er damit anfing, und er entschloß sich jetzt seine alten
Erwerbszweige wieder zu versuchen. Seine Frau hielt
ihm vor, daß für Nahrung und Arzenei gesorgt werden
müsse und mit leiserer Stimme fügte sie hinzu, daß
der Tector noch nicht für ihr letztes Wochenbett und
für die Behandlung ihres verstorbenen Kindes bezahlt sei, das er so schnell wieder zu heilen versprochen hatte, ungeachtet es fränkelte und abzehrte wie
eine vom Frost berührte Blüthe, die hinschwindet
und abfällt. Arme Mutter! Die Thränen rollten
ihre Wangen hinab bei diesem Gedanken, und obgleich
noch drei hungrige Münde vorhanden waren, die
nach Nahrung verlangten, konnte sie sich doch nicht
über den Verlust Eines dieser ihrer Schätze trösten.
Aber Palissy überließ sie nicht ihrem Kummer, er
trocknete ihre Thränen und erzählte ihr lächelnd, daß
er frohe Nachrichten für sie habe. Gestern waren
die Commissaire in der Stadt angekommen, die vom
Könige gesandt worden waren, in dem Distrikt
Saintonge die Salzsteuer einzuführen und dem An-

scheine nach hielten sie keinen Mann in der ganzen
Diöcese befähigter, die Karten von den Inseln und
Ländern, welche die Gegend umgeben, wo das Salz
gewonnen wurde, zu entwerfen, als Bernard Palissy.
Das war eine einträgliche Beschäftigung und würde
ihm für viele Monate Arbeit geben.

Das war in der That eine frohe Botschaft für
Lisette und in jener Nacht schlief sie süß und träumte
von ihrer Mädchenzeit, denn wenn das Herz froh ist,
sonnt es sich in der Erinnerung aus der Jugendzeit.
Ihres Mannes Gemüthsruhe war wesentlich beein=
trächtigt, denn es schmerzte ihn tief, daß er sich ge=
zwungen sah, sein Ringen, das ihm so viel gekostet,
aufzugeben, ehe sein ausdauerndes Streben mit Er=
folg gekrönt worden war.

Vielleicht war es in Wirklichkeit ein Vortheil
für ihn und trug zu seinem möglichen Erfolg bei,
daß er in dieser Weise gewaltsam gezwungen wurde,
sich für einige Zeit Ruhe zu gönnen. Wenn ein Mensch
wiederholt Mißgeschick in einer Sache gehabt hat,
dann ist es gut, wenn er eine Weile damit aufhört
und womöglich den Gegenstand, der seine Gedanken
schon zu lange und zu unablässig beschäftigt hat,
ganz ruhen läßt.

Durch solche Betrachtungen bestimmt, beschloß
Palissy seine Arbeiten in Bezug auf die Erfindung,

worauf er seinen Sinn gesetzt hatte, gänzlich einzu-
stellen und „sich zu stellen, als ob er gar nicht begierig sei, in das Geheimniß der Emailbereitung
einzudringen."

3. Kapitel.

Hier ist Geduld der Heiligen, hier sind,
die da halten die Gebote Gottes und den Glauben an Jesum.　Offenb. 14. 12.

Von dem einträglichen Amt, welches ihm von
den Salzsteuer=Commissairen übertragen worden,
hat Palissy in seinem geistreichen Bericht über die
Marschen an der Seeküste von Saintogne einige
Nachricht gegeben. Die Arbeit, welche ihm anvertraut war, bestand darin, eine Karte von dem Distrikt, welcher an die westliche Küstenlinie stößt, wo
sich die berühmten Sümpfe befanden, welche das
meiste Salz lieferten, zu entwerfen. Zu jener Zeit
war Saintogne die Hauptquelle, von woher ganz
Frankreich das Salz bezog, bis dasselbe reichlicher
in Britannien gewonnen wurde und die Steuer,
welche von diesem Artikel erhoben wurde, lieferte
eine sehr hohe Summe in den königlichen Schatz.
Aber bei aller Geschicklichkeit und Strenge, womit
die Steuer eingetrieben wurde, hatten die Steuer-

erheber doch immer noch gegen Schmuggel und Be-
trug zu kämpfen, und im Jahre 1543 entschloß sich
Franz der Erste, nachdem er auf verschiedene Weise
die Salzsteuer einzutreiben versucht hatte, ein neues
und strengeres Verfahren in Anwendung zu bringen,
in Folge dessen ganz genaue Vermessung und neue
Karten nothwendig wurden.

Was uns bei diesen Vermessungen insbesondere
interessirt, ist die Thatsache, daß die Inseln Oléron,
Allevert und Marepdnes, die Saintonger Inseln
genannt, welche einen Theil dieses Marschdistrikts
bilden, vorzugsweise der Zufluchtsort der verfolgten
Flüchtlinge waren, die die Reformation nach Saintogne brachten. Da diese Gegend entfernt von der
großen Heerstraße lag und in einer verwickelten
Reihe von Sümpfen bestand, bildete sie ein ausge-
zeichnetes Versteck, und hier war es, wo verschiedene
„reformirte Mönche" sich niedergelassen hatten;
Einige trieben einen kleinen Handel, andere hatten
Dorfschulen errichtet, oder suchten auf andere Weise
unerkannt ihren Lebensunterhalt zu verdienen. Da
es für größere Schiffe unmöglich war, sich der nie-
brigen flachen Küste zu nähern, so bestand die Haupt-
arbeit, diese Marschen und Sümpfe zugänglich zu
machen, in der Anlage von Verbindungscanälen,
auf welchen das Salz der offenen See zugeführt

werden konnte. Viel Geld und Arbeit war auf die
Anlage von Deichen, Kanälen und Wegen verwendet
worden — welche ein förmliches Netz von vielen
Meilen im Umfang bildeten —, um es möglich zu
machen, kleine Barken und Kähne heraufzubringen,
welche in das flache Land eindrangen, um das Salz
von dort abzuholen. So verworren waren diese Ver-
bindungswege, daß ein Fremder, der ohne Führer
in dieselben hineingerieth, nicht im Stande war,
seinen Weg zu finden, oder aus den Marschen wieder
herauszukommen. Während des Winters wurden
alle diese Marschen unter Wasser gesetzt, damit die
Thonerde, welche die Grundlage der Deiche und der
Kanalufer bildete, nicht durch den Frost beschädigt
würde, und dadurch war, während eines großen
Theil des Jahres, alle Verbindung abgeschnitten
und gesperrt. Welch einen herrlichen Zufluchtsort
mußte diese Gegend jenen Männern bieten, welche
verfolgt wurden, wie man ein Rebhuhn jagt auf
den Bergen! Natürlich hatten hier auch die drei
Flüchtlinge, welche Hamelin hergeführt hatte, mit
vielen Andern in gleicher Lage ein Versteck gefunden;
es waren Männer, deren makelloser Wandel und
thätige Barmherzigkeit ihnen die Achtung der armen
Bauern erwarb, bei denen sie sich eine Wohnstätte
gesucht. Sie suchten dieselben auf in ihren Hütten,

sorgten, soviel sie konnten, für ihre Bedürfnisse, und
wagten es nach und nach, diejenigen Religionswahr=
heiten zu verkünbigen, um berentwillen sie den Ver=
luft ihrer irbischen Habe erbulbet und bereit waren,
ihr Leben selbst zu opfern. Zuerst ertheilten sie ihre
Unterweisung mit Vorsicht. Sie sprachen in Gleich=
nissen, voll verborgenen Sinnes, bis sie sich über=
zeugt hatten, sie würden nicht verrathen werden.
Langsam, aber stetig hatte der Sauerteig zu wirken
begonnen, und kurze Zeit nachdem Palissy seine
Aufgabe vollendet (die nicht geringe Arbeit erfor=
derte und die ihn über ein Jahr lang beschäftigte),
kam dem Bischof von Saintes zu Ohren, daß die
Gegend voll Lutheraner sei, welche ohne Verzug
auszurotten im höchsten Grade nothwendig und
wünschenswerth sei.

Dem Teufel fehlt es nie an bereitwilligen Die=
nern, seinen bösen Willen zu vollziehen, und bei
dieser Gelegenheit machte sich ein Mann „von ver=
kehrtem und gottlosem Wandel," mit Namen Col=
larbeau, ein Staatsanwalt, geschäftig ans Werk,
den Versteck der Ketzer auszukundschaften. In jenen
Tagen war Saintes ein ausgebehnter und einträg=
licher Bischofssitz von über 700 Kirchspielen, und
der Bischof war eine erhabene Person, in dessen
Adern „das Blut des heiligen Ludwig floß," nämlich

Carl, Kardinal von Bourbon, Bruder des Königs von Navarra, damals drei und zwanzig Jahr alt. Der passendste Platz für ihn war bei Hofe, und natürlicher Weise hielt er sich dort auch auf und kümmerte sich wenig um das ketzerische Treiben der Bauern auf den Saintogne Inseln.

Mit einem Eifer, der einer bessern Sache würdig gewesen wäre, schrieb Collardean nicht blos wiederhelt an Se. Hochwürden, und trug seine Anklage vor, sondern unterstützte seine energischen Anstrengungen noch ganz wesentlich durch eine Reise in die Hauptstadt. Durch solche Mittel brachte er es dahin, daß er von dem Bischof und dem hohen Rath in Bordeaux Vollmacht, zugleich mit den nöthigen Geldmitteln, erhielt, um seine Absichten durchzuführen. So ausgerüstet, fing er damit an, die Habgier gewisser Richter zu bearbeiten, mit denen er so erfolgreich unterhandelte, daß er die Verhaftung des Predigers von St. Denis, eine kleine Stadt auf der äußersten Spitze der Insel Oléron, mit Namen Bruder Robin, durchsetzte; eines Mannes von solchem Fenereifer, daß man hauptsächlich bemüht war, an ihn, zum warnenden Beispiel für die Andern, zuerst Hand anzulegen. Bald nachher wurde ein anderer Prediger, Namens Nicole, festgenommen, und nur wenige Tage später traf dasselbe Schicksal den

Schullehrer zu Gimosac, ein Mann, der von den Einwohnern, zu denen er Sonntags predigte, sehr geliebt wurde. Dieser letztere Fall schmerzte Palissy ganz außerordentlich. Er kannte und achtete diesen guten Bruder ganz besonders, und seiner Sorge hatte er den kleinen Nicole anvertraut, der, seitdem Vernard mit der Vermessung der Marschen beschäftigt war, die Schule zu Gimosac besuchte. Das arme Kind weinte bittere Thränen, als es seinen Eltern den schmerzlichen Abschied beschrieb, von dem es Zeuge gewesen; denn die armen Dorfbewohner ließen sich durch die Drohungen ihrer grausamen Feinde nicht schrecken, sondern begleiteten ihren geliebten Lehrer mit Gebet, Thränen und Wehklage bis ans Ufer ihrer kleinen Insel. Dort leider mußten sie sich trennen, um sich hier auf Erden nimmer wieder zu sehen.

Es war am Vorabend des St. Johannestages, am 23. Juni 1546, als die Bürger von Saintes Zeuge waren eines sonderbaren, Unheil verkündenden Schauspiels, der Vorläufer jener Schrecken, welche späterhin innerhalb der Mauern ihrer alten Stadt stattfinden sollten. Der Tag, der ein katholischer Festtag war, fing mit Musik und allerlei Lärm an, während sich die ganze Bevölkerung, vom Größten bis zum Niedrigsten, mit Blumen geschmückt hatte. Alte Theertonnen und Reisigbündel lagen längs des

Flußufers aufgehäuft, um am Abend zur Illumination zu dienen, während Tanz, Schmausereien und Spiel den Tag ausfüllten. Am Nachmittag wurden mehrere große Fässer Wein öffentlich ausgeschenkt und es herrschte eine allgemeine Lustigkeit. Von früh Morgens an drängten sich ganze Haufen zum Altar des Schutzpatrons der Stadt, um die demselben gelobten Gaben darauf zu legen und ihn dadurch günstig für sie zu stimmen.

Unter der Menge, welche sich um Mittag in der Hauptstraße drängte, befanden sich zwei Männer, der Eine, groß und von starkem Körperbau, blickte mit einer Miene nachdenklicher Sorge um sich. Er befand sich noch in der Blüthe des Mannesalters und seine ganze Haltung deutete auf Thatkraft und Verstand, und aus seinen Augen leuchtete ein begeistertes Feuer; man erkannte sofort in ihm den Arbeiter, dessen Hände das, was sie zu thun hatten, auch mit ganzer Kraft zu thun gewohnt waren. Sein Begleiter war klein und verwachsen und würde nicht leicht Interesse erregt haben, wenn sich nicht in seinem blassen eingesunkenen Angesicht ein außergewöhnlich tiefes Gefühl abgespiegelt hätte. Diese Beiden näherten sich der Kirche des St. Eutropius, wo der Heilige vor den verwunderten Augen der Menge ausgestellt war. Beim Betreten der geheiligten

Räume knieten Alle andächtig vor einem Schrank,
mit einem eisernen Gitter davor, machten in ehr-
erbietiger Entfernung verschiedene Kniebeugungen
und sagten Gebete her. Zuletzt öffnete der dienst-
thuende Priester die Thür des Schrankes, in welchem
das Haupt des Heiligen verwahrt wurde und zeigte
diesen Schatz den neugierigen Blicken. Es würde
schwer halten, einen Gegenstand auszusinnen, der
weniger geeignet gewesen wäre, Andacht zu erwecken,
als dieser, der Verehrung dargebotene. Dasselbe war
unförmlich groß, ganz von massivem Silber; das
Haupthaar und ein ungeheurer Backenbart waren
vergoldet und die Schultern waren mit feiner Leine-
wand umhüllt und mit glänzenden Edelsteinen geschmückt. Rundherum standen die Opfergaben, von
dem verführten Volke dargebracht, welches diesem
geschnitzten Bildnisse höchst wunderbare Heilkräfte
zuschrieb. Das Heiligenbild war von den Opfergaben völlig umringt. Ganze Züge, kommend und
gehend, füllten die Kirche und strömten dann wieder
hinaus in die belebten Straßen, das lustige Treiben
zu betrachten und die Tagesneuigkeiten zu verhandeln.

Nahe an der Kirchthür hatten Palissy und sein
Begleiter ihren Standpunkt genommen und sprachen
flüsternd mit einander. „Ach, ich weiß, daß die Begebenheiten wahr sind, und kann dafür einstehen,"

sagte der Erstere, „denn ich war sogar selbst gegen=
wärtig, als die drei Brüder bewunderungswürdig
disputirten und ihre Lehre dem falschen Priester
Navières gegenüber vertheidigten, der selbst vor we=
nigen Monaten angefangen hatte, die Irrthümer
des Papstthums zu entdecken, nun aber, durch die
Liebe zum Gelde geblendet, das gerade Gegentheil
versicht. Bruder Robin verstand meisterlich, ihm
dies geradezu ins Gesicht zu sagen und er wurde bei
dessen Worten ganz verlegen, denn das Recht ist auf
Seiten der armen Ketzer, wie sie genannt werden,
die Macht aber auf Seiten ihrer Feinde, und seit
der Zeit haben sie beständig im Kerker geschmachtet.
Nach einiger Zeit wurde Robin schlimm krank und
es stand zu befürchten, daß er nun doch noch in
seinem Bette sterben würde; sie schickten zu Doctor
und Apotheker, und der Letztere ist ein alter Be=
kannter von mir, denn er hat mich während unserer
vielen Krankheiten leider nur zu oft besuchen müssen.
Der würdige Mann hat manche Botschaft von mir
zu den Brüdern gebracht und hat ihnen mehr als in
einer Weise gute Dienste geleistet." „Und jetzt macht
man sie zu einem öffentlichen Schauspiel, wie in
allen Zeiten die Knechte Gottes", entgegnete Ber=
nards Begleiter, „es ist eine schlimme Sache, wenn
die Gottlosen triumphiren, und die Gerechten ein

Fegopfer aller Leute sind." „Geduld mein guter
Victor", antwortete der kräftige Töpfer. „Laß uns
das Ende dieser Dinge betrachten. Gegenwärtig stehn
wir noch am Anfang der Trübsal; ich bin der Mei=
nung, wir müssen auf Prüfungen gefaßt sein und
uns versichert halten, daß wir auf Feinde stoßen
werden, wenn wir auf gradem Wege der Sache
Gottes nachfolgen und dieselbe unterstützen, denn
solches ist schon im alten und neuen Testamente ver=
heißen worden: Daher laßt uns unter den Schirm
unseres schützenden Herrn und Meisters, des Herrn
Jesu Christi eilen, welcher zu rechter Zeit und am
rechten Ort, das Seinem Volke zugefügte Unrecht
zu rächen wissen wird und der unsere Leiden kennt."

Als er noch sprach, vernahm man in der Ferne
Musik, und augenblicklich wurde es laut und lebendig
auf der Straße, man lief, drängte und stieß sich
schreiend und lärmend. Da erschien die Prozession,
dessen Nahen durch den Klang der Trommeln,
Pfeifen und Tamburinen angekündigt worden war.
Bunt gekleidete Reiter ritten paarweise im Schritt
vorauf, dann folgten Banner und Fahnen; ein Haufe
Priester, barhaupt mit Fackeln in den Händen schritt
feierlich vorüber. Alsdann bot sich den Blicken der
Menge ein sonderbares, trauriges Schauspiel dar:
Drei Männer, grün ausstaffirt und mit bunten,

flatternden Bändern geschmückt, erschienen, aufge=
zäumt wie ein Pferd, und jeder hatte einen eisernen
Apfel, der am Zaum befestigt war, im Munde, der
dadurch ganz ausgefüllt wurde. So gemartert und
verhöhnt wurden die drei Brüder, Robin, Nicole
und der Schullehrer von Gimosac durch ihren grau=
samen Feind Collardeau, der den Zug im Triumph
anführte, gleich wilden Thieren auf ein Gerüst ge=
trieben, welches auf dem Marktplatz aufgeschlagen
worden war, um sie, als wären sie Thoren und
Wahnsinnige, den Verwünschungen des großen Hau=
sens preiszugeben. Als dies geschehen war, wurden
sie wieder ins Gefängniß zurückgebracht, um von
dort nach Bordeaux geführt zu werden, ihr Todes=
urtheil zu empfangen.

„Ein scheußlicher Anblick," sprach Palissy, tief
aufathmend, als er den drei Duldern nachblickte,
deren einziges Vergehen darin bestand, daß sie männ=
lich die Sache der Wahrheit vertheidigt, „der uns
staunen macht über die wunderbare Geduld Gottes.
Wie lange, o Herr, willst du deine Auserwählten
der Gnade derer überlassen, die nicht aufhören sie
zu martern?" Diese kummervollen Worte waren
kaum gesprochen, als zwei Burschen, welche in der
Nähe standen, anfingen, sich zu zanken und zu schla=
gen. Alsbald bildete sich ein Kreis um sie und die

Umstehenden schrieen: „Schlage tüchtig darauf, als wenn er ein Ketzer wäre!" „Ach!" sagte Palissy, „welche schreckliche Verbrechen werden noch begangen werden, wenn solch ein Geist zur Reife gedeiht; an andern Orten sind schon gräuliche Dinge vollbracht worden. Noch gestern hörte ich von Jemand, den ich nicht nennen will, daß in Paris und in anderen Städten Viele verbrannt oder auf andere Weise ums Leben gebracht worden sind. Ein Bauer im Walde von Lyon begegnete vier Männern auf ihrem Wege zum Richtplatz. Er fragte nach dem Grunde ihrer Strafe, und als er erfahren, daß sie Hugenotten seien, bat er um einen Platz für sich auf dem Karren und ging mit ihnen zum Galgen."

An jenem Abend ereignete sich etwas, was Bernard einen „bewundernswerthen Zufall" nennt. Die drei Ketzer waren nach ihrem Gefängniß zurückgebracht worden, streng bewacht, insbesondere Robin, welcher der vornehmste Gegenstand des Hasses war und den man mit ausgesuchter Grausamkeit vom Leben zum Tode zu bringen gedachte. Er wurde, gleichwie seine Gefährten, in einem Kerker, der an den bischöflichen Palast stieß, in Eisen gelegt, und nicht nur stand eine Schildwache draußen davor, sondern auch eine Anzahl großer Hunde waren in den Gefängnißhof eingelassen worden. Aller dieser

Vorsichtsmaßregeln ungeachtet, verzweifelte Robin
aber nicht. Er hatte sich eine Feile zu verschaffen
gewußt (vielleicht hätte Palissy Auskunft darüber
geben können, wie er dazu gelangte), und nachdem
er die Ketten an seinen Beinen abgefeilt hatte, über=
gab er die Feile seinen Mitgefangenen, und machte
sich daran ein Loch durch die Gefängnißmauer zu
scharren. Dabei ereignete sich aber ein seltsamer
Zufall. Es waren nämlich eine Anzahl leerer
Weinfässer, die während des Festes geleert worden
waren, an der Wand aufgestapelt worden, und an
diese stieß der Gefangene bei seinem Fluchtversuch,
so daß sie mit einem dumpfen Gepolter umfielen
und die schlafende Schildwache weckten, die eine
Weile horchte, allein, als sie weiter nichts hörte,
schlief sie, überwältigt vom Wein, den sie reichlich
genossen, sanft wieder ein. Bernard erzählt in seiner
drolligen Weise, was darnach geschah, also: „Als=
dann verfügte sich besagter Robin in den Hofraum,
und ergab sich den Hunden auf Gnade und Ungnade;
indeß hatte Gott ihm eingegeben, etwas Brot mit=
zunehmen, welches er den Hunden vorwarf, die so
stille und ruhig waren, als Davids Löwen in der
Grube. Es war dafür gesorgt, daß er das Garten=
thor offen fand, woselbst er, als er sich auch dort
von ziemlich hohen Mauern umschlossen fand, beim

Mondlicht einen hohen Birnbaum gewahrte, nahe
genug an der äußern Mauer, und als er diese be=
stiegen, entdeckte er an der Außenseite der Mauer
einen Schornstein, auf welchen er mit Leichtigkeit
hinaufspringen konnte." Er war bald glücklich auf
der Straße, allein, da er früher niemals in der Stadt
gewesen war, wußte er nicht, wohin er sich wenden
sollte. In dieser Verlegenheit erinnerte sich der ge=
wandte Flüchtling der Namen des Arztes und des
Apothekers, die ihn behandelt hatten, und nun
klopfte er von Thür zu Thür und erkundigte sich
nach deren Wohnung. Es war ihm gelungen, seine
Fesseln an seinem Beine festzubinden und seine Kleider
so geschickt zu arrangiren, daß sie der Livree eines
Bedienten einigermaßen ähnlich sahen, so daß die
Leute, welche er weckte, sich täuschen ließen und in
der Meinung, daß ein eiliger Krankheitsfall einge=
treten sei, ihm die nöthige Auskunft ertheilten. Auf
diese Weise glückte es ihm, unter ein befreundetes
Dach zu kommen und von dort wurde er sicher aus
der Stadt geleitet. Er wurde bei diesem gefährlichen
Abenteuer nicht angehalten, wiewohl er an die
Thür eines seiner Erzfeinde geklopft hatte, der am
andern Morgen für seine Gefangennahme einen
Preis von fünfzig Thalern aussetzte.

Ach der arme Nicole und der gutmüthige Schul=

lehrer von Gimosac! Bruder Robin hätte sehr ge=
wünscht, daß sie ihn begleitet und seine Gefahr ge=
theilt hätten; sie aber zogen es vor, in ihren Ketten
zu verbleiben. Als er einsah, daß sie weder Kraft
noch Ausdauer genug besaßen, seinem Beispiele zu
folgen, nahm er voll Trauer Abschied von ihnen,
indem er mit ihnen betete, sie tröstete und sie er=
mahnte getrost auszuharren und dem Tode mit Muth
entgegen zu gehen. Beide starben wenige Tage nach=
her in den Flammen, der Eine in der Stadt Saintes,
der Andere in der Stadt Libourne. Das Herz Pa=
lissy's war zu voll, als daß er im Stande gewesen
wäre, die Einzelheiten dieser Begebenheiten aufzu=
zeichnen. Es war das erste Mal, daß die Scheiter=
haufen vor seinen eigenen Augen angezündet wurden,
und als er dieses schreckliche Schauspiel betrachtete,
wurde seine Seele mit einem unauslöschlichen Eifer
erfüllt und von dieser Zeit an stellte er sich mit
ganzer Macht und seiner ganzen Willenskraft auf
die Seite der Reformirten.

4. Kapitel.

Und ich ging hinab in des Töpfers Haus;
und siehe, er arbeitete eben auf der Scheibe.
Und der Topf, den er aus dem Thon machte,
mißrieth ihm unter den Händen. Jer. 18, 3. 4.

Kurz vor den Begebenheiten, die wir in dem
vorhergehenden Kapitel erzählt haben, hatte es unter
Palissy's Nachbarn und Bekannten wegen seines
Benehmens eine nicht geringe Aufregung gegeben.
Täglich konnte man wahrnehmen, wie sich in der
Nähe seines Gartens und seiner Werkstelle kleine
Gruppen von Menschen bildeten, die auf verschiedene Weise ihre Verwunderung und ihren Unwillen
über sein Betragen laut werden ließen und in nicht
sehr gewählten Ausdrücken sich über seinen Eigen-
sinn und seine Thorheit aussprachen. Dieser Unwille
erreichte seinen Höhepunkt, als eines Tages nah
und fern die Neuigkeit erzählt wurde, daß der arme
Mann wirklich toll geworden und die Umzäunung
seines Gartens umgerissen und den Fußboden in
seiner Wohnung aufgebrochen habe, und daß sein un-
glückliches Weib, halb verrückt über sein Beginnen,
mit ihren Kindern geflohen sei und bei einem Nach-
bar Zuflucht gesucht hätte.

Um unsern Lesern alles dieses erklären zu können,
ist es nothwendig, daß wir unsere Schritte wieder

rückwärts wenden und erst erzählen, auf welche Art unser Künstler die beiden Jahre, welche auf seine Vermessung der Marschgegend folgten, zugebracht hat.

Unbeirrt durch das Fehlschlagen seiner früheren Versuche und für eine Zeitlang von Nahrungssorgen befreit, überlieferte Palissy das Geld, welches er für seine Arbeit erhalten hatte, den Händen seiner Frau und nahm seine Arbeiten und Versuche, das weiße Email zu erfinden, wieder auf.

Zwei Jahre unablässiger und eifriger Arbeit folgten, die kein praktisches Resultat lieferten, obgleich einmal ein theilweises Schmelzen seiner Mischungen stattgefunden hatte, welches ihm hinreichend Muth gab, auszuharren. Während dieser zwei langen Jahre, so erzählt er selbst, that er nichts, als zwischen seinem Hause und den nächstgelegenen Glashütten hin und her zu wandern, wo die Oefen, die bedeutend heißer, als diejenigen in den Töpfereien waren, ihm weit größere Aussicht für das Gelingen, sein Material zu schmelzen, boten.

War es ein Wunder, daß Mangel und Sorge in seinem Hause sich einstellten, wenn sein Weib verdrießlich und traurig wurde, und wenn die Nachbarn, die die hülflose Frau und die unschuldigen Kinder bemitleideten über den Mann ein hartes Urtheil fällten, der seine Zeit damit vergeudete, Töpfe zu

kaufen und sie in Scherben zu schlagen und unnütze
Wege zu machen? Auch der Tod war zweimal bei ihm
eingekehrt, hatte die beiden kleinen kränklichen Kinder,
die wir, sich an die Mutter klammernd, gesehen haben,
entführt, während zwei andere, deren Erbtheil leider
dieselbe Krankheit war, wieder geboren wurden. In
letzter Zeit war Lisette, voll trauriger Gedanken,
angefangen zu klagen und ihrem Mann Vorwürfe zu
machen. Ihr Gemüth war durch Entbehrungen
und Sorge verbittert worden und die Hoffnung, so
lange gehegt, hörte auf, ihren Muth aufrecht zu erhalten. Sie konnte den Weg, den Bernard verfolgte,
nicht verstehen. Sie nahm keinen Antheil an seiner
glänzenden Einbildung von zukünftigem Ruhm und
Reichthum und das Gefühl der Kraft und der feste
Wille, der ihn beseelte und stärkte, war ihr etwas
Unbekanntes und Unverständliches. Armes, duldendes
Weib! Sie fühlte wie alle andern, gewöhnlichen
Frauen und Mütter in ihrer Lage gefühlt haben
würden, und sein hartnäckiges Bestehen auf einer
nutzlosen Arbeit beklagend, verbitterte sie ihm das
Haus durch ihr Jammern und ihre Vorwürfe.

In dieser Noth begann Pallissy zu weichen; er
wurde unschlüssig und machte zuletzt mit seiner ängst-
lichen Frau einen Vergleich. Noch einen letzten Versuch bedang er sich aus und — wenn auch der fehl-

schlug, wollte er für immer sein Suchen aufgeben.
Er muß es gefühlt haben, daß das Glück und die
Wohlfahrt seines ganzen Lebens auf einem Wurf
standen. Wir thun besser, seine eigene rührende Er=
zählung dessen, was geschah, anzuhören, wie er Rath
und Hülfe von Oben hoffte. Auf allen seinen Wegen
erkannte dieser fromme Mann die himmlische Vater=
hand an und suchte Gottes Beistand. Was in dieser
Krisis sich begab, erzählt er folgendermaßen: „Es
war Gottes Wille, als ich anfing den Muth zu ver=
lieren und zum letzten Mal in Begleitung eines
Mannes, welcher über dreihundert Scherben trug,
womit die Probe gemacht werden sollte, nach einer
Glashütte ging, daß die Mischung auf eine dieser
Scherben, nachdem sie vier Stunden im Ofen ge=
wesen war, schmolz und so weiß und glänzend wurde,
daß ich solche Freude darüber empfand, daß ich
glaubte eine neue Kreatur geworden zu sein."

Wie auf Flügeln eilte er nach Hause, seinen
Schatz in der Hand, welchen er „außerordentlich
schön" nennt, und beinahe außer sich vor Freuden,
stürzte er in die Kammer, wo seine arme Frau im
Krankenbett lag, und die blendend weiße Scherbe
hoch in die Höhe haltend, rief er: „Ich habe es ge=
funden!"

Lisette wurde von seiner Fröhlichkeit angesteckt

und begrüßte mit Freuden dieses erste Zeichen wieder-
kehrenden Wohlstandes. Arme Frau! Sie ahnte nicht
wie lange sie noch warten mußte, bis sie sich in den
Strahlen desselben sonnen konnte. Palissy aber war
überzeugt, daß er jetzt das vollkommenste weiße
Email erfunden habe und sein Entzücken darüber
stand mit der Arbeit und Mühe die es ihn gekostet,
im Verhältniß. Jetzt war kein Gedanke daran, die
Sache aufzugeben und zu seiner früheren Beschäftigung zurück zu kehren. Er war sicher, daß nunmehr
glänzende Ergebnisse bald nachfolgen würden und
von jetzt an war es nothwendig, daß er für sich allein
arbeitete und sich zu seinem eigenen Gebrauch einen
Ofen, nach Art der Glasöfen baute. Im Geiste
schon die Hand ausstreckend, den Preis zu erfassen,
machte er sich mit Eifer, daran, aus Thon Gefäße
nach seinen eigenen Zeichnungen zu formen, die, mit
dem kostbaren, weißen Email seiner Erfindung überzogen, er mit hübschen Gemälden zu schmücken beab-
sichtigte. Er sah sie ohne Zweifel vor seinem geistigen Auge schon so schön, als er sie in späteren Jahren wirklich auch hervorbrachte — jene vollkommene
Meisterstücke von Porzelain en relief und jene Ser-
vice, geschmückt mit allerlei Figuren, Thiere, Drachen
Insecten, Käfer und Blumen; Kunstschätze voll Anmuth, Schönheit und Einfachheit, welche von den

reichen Edelleuten jener Tage eifrig gekauft wurden,
um ihre Säle zu zieren und ihre Schlösser zu ver=
schönern und die jetzt mit Gold aufgewogen werden.

Allein wenn auch seine Phantasie dieselben sah,
wie sein Geschmack, so veredelt und geläutert, sie be=
reits entworfen hatte, so war es doch immer nur
noch der rohe Thon, mit welchem seine Hände zu
schaffen hatten, und leider „verstand er nichts von
den Erdarten."

Sieben bis acht weitere Monate wurden daran
gesetzt, diese Gefäße anzufertigen, und dann fing er
an seinen Ofen zu bauen. Mit unglaublicher Mühsal
und Arbeit — denn er hatte Niemand, ihm hülf=
reiche Hand zu leisten, nicht einmal um Wasser zu
schöpfen und Steine zum Bau des Ofens herbeizu=
schaffen — plagte sich der unermüdliche Mann, bis
er seinen Ofen fertig hatte und seine Gefäße vor=
läufig brennen konnte. Und alsdann, anstatt nach
seiner mühevollen Arbeit zu ruhen, die länger als
einen Monat gedauert hatte, arbeitete er Tag und
Nacht, die Stoffe, aus denen er das weiße Email
bereitet hatte, zu zerreiben und zu mischen. Endlich
hatte er auch diese Aufgabe gelöst und die Gefäße,
mit dem Gemisch überzogen, wurden in dem Ofen
aufgestellt.

Jetzt betrachte ihn! Er hat das Feuer in seinem

Ofen angezündet und unterhält es durch die zwei
Feuerlöcher, womit derselbe versehen ist. Er spart
die Feurung nicht; er heizt fleißig den ganzen Tag;
und auch während der ganzen Nacht läßt er das
Feuer keinen Augenblick ausgehen. Doch das Email
schmilzt nicht. Die Sonne geht auf, prächtig und
glühend, und Nicole, jetzt ein stämmiger Knabe von
elf bis zwölf Jahren, bringt seinem Vater einen
Napf voll Suppe zum Frühstück; ein ärmliches,
spärliches Gericht, wenig geeignet die übermäßig
angestrengten Kräfte wieder zu ergänzen, aber gierig
von dem hungrigen Künstler verschlungen, der einige
Augenblicke inne hält, sie zu verzehren. Wie bleich,
mager und heruntergekommen er aussieht! Welche
Erschöpfung drückt sich in seinem Antlitz aus! Aber
ganz unerschüttert, ruhig hoffend inmitten seiner
schweren Arbeit.

„Gott segne dich, mein Kind," spricht er,
als er dem Knaben den leeren Napf hinreicht;
„mache fleißig deine Schularbeit heute und morgen,
ich hoffe wir können dann einen Feiertag machen
und zusammen durch die Felder streifen, wie wir
sonst wohl zu thun pflegten." „Ei Vater, wer soll
dann den Ofen versorgen?" „Ich hoffe, der hat sein
Werk gethan. Sicherlich wird die Masse bald
schmelzen."

4

Allein die Stunden jenes Tages schwanden da=
hin und die finstere Nacht folgte, und noch arbeitete
Palissy mitten in dem Knistern und der Gluth des
Ofens. Ein zweiter Tag graut und noch nährt er
sein Feuer. Erschöpft und müde fällt er bisweilen
einige Augenblicke in Schlaf, indeß sein immer
wacher Geist weckt ihn fast in demselben Moment
wieder und er wirft wieder mehr Holz ins Feuer.
Vergeblich. Sechs Tage und sechs Nächte hat er
vor dem glühenden Ofen zugebracht, jeden Tag
eifriger und arbeitsamer als an dem vorhergehenden
— aber das Email schmilzt nicht. Endlich, überzeugt
daß etwas nicht in Ordnung sei, hört er mit seiner
Arbeit auf. Er sitzt da, gesenkten Hauptes und mit
glanzlosen Augen in das rauchende Feuer starrend,
welches langsam verlöscht. Was wird er nun be=
ginnen? In wenigen herzergreifenden Worten, er=
zählt er uns, was er thun will. „Als ich sah, daß
es unmöglich sei, die Masse in Fluß zu bringen,
war ich wie ein Mann in Verzweiflung, und obgleich
ganz betäubt von der anhaltenden schweren Arbeit,
überlegte ich doch mit mir selbst, daß in meiner Mi=
schung etwas versehen sein müsse. Ich fing daher auf's
Neue an zu stoßen, und zu reiben, ohne während der
ganzen Zeit meinen Ofen ganz kalt werden zu lassen,
auf diese Weise hatte ich nun doppelte Arbeit, stoßen,

reiben und das Feuer unterhalten. Auch war ich
genöthigt hinzugehen und Töpfe zu kaufen, um die
neue Mischung zu prüfen, da es sich herausstellte,
daß alle die Gefäße, die ich gemacht, unbrauchbar
geworden. Und nachdem ich die neuen Stücke mit
der Mischung bestrichen hatte, brachte ich sie in den
Ofen und erhielt das Feuer in der höchsten Gluth.
Aber da ereignete sich ein neues Mißgeschick, welches
mir großen Kummer verursachte –– nämlich da mir
das Holz ausgegangen war, war ich gezwungen die
Pfähle und Planken, welche die Grenzen meines
Gartens umgaben, zu nehmen, und als auch diese
verbrannt waren, war ich genöthigt den Fußboden
und die Tische in meinem Hause zu verbrennen, um
das Schmelzen dieser zweiten Mischung zu Stande
zu bringen. Ich duldete eine Qual, die ich nicht be-
schreiben kann, denn ich war durch die Gluth des
Ofens ganz erschöpft und ausgedörrt; seit länger
als einem Monat war das Hemde auf meinem Leibe
nicht trocken geworden. Zudem wurde ich ein Gegenstand des Spottes; sogar diejenigen, deren Schuldigkeit es gewesen, mir Trost zu bringen, liefen in der
Stadt umher und schrieen aus, daß ich die Fußböden
meines Hauses verbrenne. Daburch kam ich in Miß-
credit und ich wurde als ein Wahnsinniger angesehn."

Wie kummervoll klingen diese schmucklosen Worte

4*

— kaum verurtheilend — dennoch wie tief den Schmerz empfindend, daß diejenigen, welche ihn in der Zeit der Noth hätten trösten sollen, ihn verlassen! Es war ein Aergerniß, worüber er sich abhärmte und gebeugten Hauptes schlich er durch die Straßen, wie ein beschämter Mann. Keiner bot ihm in dieser äußersten Noth Trost an, im Gegentheil, die Leute spotteten seiner und meinten, es geschehe ihm recht, wenn er Hungers stürbe, weil er sein Geschäft vernachlässigt habe. Wird er dieser neuen Prüfung unterliegen? Hört den Entschluß des braven Mannes —

„Alle diese Dinge bestürmten mein Ohr, wenn ich über die Straße ging, aber trotz alledem blieb doch noch ein wenig Hoffnung lebendig in mir, die mich ermuthigte und aufrichtete. Also, als ich eine kleine Weile mich mit meinem Kummer beschäftigt hatte, weil es auch nicht einen Einzigen gab, der Mitleid mit mir gehabt hätte, sprach ich zu meiner Seele: ‚Warum bist du betrübt, nachdem du den Gegenstand deines Suchens gefunden hast? Jetzt arbeite und die Verläumder werden ihre eigene Schande erleben.'"

Blos einige wenige Tage „beschäftigte" Palissy sich mit seinem Kummer! Nur „eine kleine Weile" hing er seinem Schmerze nach. Kaum hatten seine leiblichen Kräfte, erschöpft durch lange Anstrengung, ihre Spannkraft wiedererlangt, so begann er auch

schon wieder sein Ziel zu verfolgen. Wenn er nur
eine einzige Freundeshand finden könnte, ihm ein
klein wenig zu helfen, dann würde Alles schon gehen;
aber wo war dieser barmherzige Samariter zu finden?
Ach! er kannte keinen. In trübe Gedanken versunken,
ging er zufällig eines Abends vor einem kleinen
Wirthshause in der Vorstadt vorbei und sah daselbst
auf der Bank neben der Hausthür zwei oder drei
Arbeiter sitzen, die so eben vom Felde zurückgekehrt
waren. Einer dieser Männer war ein Töpfer, den
Palissy als einen tüchtigen Arbeiter kannte. Augenblicklich kam ihm der Gedanke, wenn er doch nur für
wenige Monate diesen Mann miethen könnte, das
wäre eben was er brauchte. In diesem Augenblick
trat der Wirth aus der Hausthür heraus und als
er Bernard's ansichtig wurde, redete er ihn mit einigen
freundlichen Worten an. Sie klangen lieblich in das
Ohr des Armen, der nach Mitgefühl dürstete, mit
Freuden nahm er des Wirths Anerbieten, eines er-
frischendes Trunkes, an, und alsbald waren sie in
einem freundlichen Gespräch begriffen. In ihrer
Unterhaltung wurden zufällig auch die religiösen
Mißhelligkeiten berührt, die in ihrem Vaterland sich
immer mehr häuften. Dadurch wurde eine Saite
angeschlagen, die in beider Herzen mit tiefem Gefühl
wiederhallte. Es zeigte sich bald, daß Hamelin dem

würdigen Wirth nicht unbekannt war; er hatte früher
sogar schon bei ihm Schutz unter seinem Dache ge=
funden, als er von den Spürern Collardeau's hart
gedrängt wurde. Kurz, Palissy hatte in ihm einen
Gleichgesinnten gefunden und gemeinsames Inte=
resse für den neuen Glauben knüpfte zwischen ihm
und Victor das Freundschaftsband. Dieser Mann
war derselbe, den wir schon am Abend des Johan=
nistages in der Gesellschaft von Bernard gesehen
haben, als sie Zeugen jenes schrecklichen Schauspiels
waren, welches ihre Herzen mit heiligem Eifer er=
füllte. Victor, der kleine, verkrüppelte Gastwirth,
war ein Mann von wahrem Werth und seltenem
Muth und erwies sich als ein zuverlässiger Freund
und Verbündeter von Palissy. Als er von ihm seine
gegenwärtigen Verlegenheiten erfuhr, erbot er sich
sofort, dem Töpfer sechs Monat Kost und Wohnung
zu geben und die Kosten Bernard zu berechnen.

Und nun ging er mit erneueter Hoffnung wieder
ans Werk. Er hatte von den Gefäßen, die er zu
verfertigen gedachte, Zeichnungen gemacht und diese
gab er dem Töpfer um darnach als Modell zu ar=
beiten, während er selbst sich mit einigen Medaillons
beschäftigte, die bei ihm bestellt waren, damit ver=
diente er etwas baar Geld, sich und seine Familie
damit zu unterhalten. Was die Schulden anbelangte,

die er gemacht, so mußte die Bezahlung derselben
bis nach Vollendung des neuen Brandes, durch wel=
chen er zuversichtlich beinahe vierhundert Livres zu
erzielen hoffte, anstehen.

Die sechs Monate verflossen und ihnen folgten
noch zwei oder drei Monate mehr, während welcher
Zeit Palissy allein daran arbeitete, einen verbesserten
Ofen aufzubauen und neue Mischungen, woraus das
Email werden sollte, zu bereiten. Von dieser letzteren
Arbeit sagt er: „Es war eine Arbeit, so schwierig,
daß sie mir meinen Verstand zu verwirren drohte,
hätte nicht das heiße Verlangen in mir, mein Unter=
nehmen zu vollenden, mich Dinge verrichten lassen,
die ich nicht würde für möglich gehalten haben." Ei=
nigen Begriff von den Schwierigkeiten, mit denen er
zu ringen hatte, kann man sich machen, wenn man
erfährt, daß, nachdem er sich mehrere Tage damit
abgeplagt, die verschiedenen Bestandtheile zu zer=
stoßen und zu rösten, er dieselbe auf einer Hand=
mühle mahlen mußte, wozu in der Regel zwei starke
Männer erforderlich waren, sie zu drehen, und das
mit einer Hand, die bei dem Bau des Ofens an meh=
reren Stellen gequetscht und verwundet worden war.

Es waren ereignißvolle Monate, in welchen
Palissy, in Armuth und Vergessenheit versunken,
sich abarbeitete. Die feurige Gluth, die den

guten Bruder aus Gimosac verzehrte, hatte die
Herzen vieler Bewohner der alten Stadt Saintes
mit Schrecken erfüllt und andere noch schrecklichere
Dinge sollten bald nachfolgen. Allein diese müssen
wir für ein anderes Kapitel aufsparen.

5. Kapitel.

Wohlan alle, die ihr durstig seid, kommt her
zum Wasser, und die ihr nicht Geld habt,
kommt her.   Jes. 55, 1.

Im Jahre 1547 bestieg Heinrich der Zweite
den Thron von Frankreich. Es ist nicht unser Beruf, uns in das Leben bei Hofe zu mengen, indeß
von den wüthenden Kämpfen, welche in jener Zeit
ausgefochten wurden, kann unsere Erzählung nicht
schweigen. Es gab vier Hauptparteien, wovon jede
sich um ein bestimmtes Haupt und Führer sammelte, von denen die einflußreichsten und hervorra-
gendsten der berühmte Connetable Anne de Montmorency und seine großen Nebenbuhler aus dem
Hause de Guise waren. Dieser Connetable war ein
Mann von höchster Bedeutung, denn er besaß un-
geheure Reichthümer und stand auf der höchsten
Stufe der Macht. Da er mit der Zeit einer der
Hauptgönner und Beförderer jener Kunst wurde,

welche Palissy sich für den Preis so beschwerlicher
Arbeit und Entbehrungen anzueignen trachtete, so
wird eine Beschreibung dieses berühmten Mannes,
der als ein Riese der alten Monarchie dasteht, hier
nicht am unrechten Orte sein.

In seiner Jugend hatte er einen mächtigen Einfluß auf das Gemüth Franz des Ersten erlangt, den
er lange Zeit behielt und bei dessen Tode stand er
bei dessen Thronfolger, Heinrich dem Zweiten, in
hoher Gunst. Treu dem Wohl des Thrones und
seines Vaterlandes ergeben, tüchtig in den Waffen,
von unerschrockenem Muth beseelt und entschlossen
in der Behauptung dessen, das er für Recht erkannt,
war er nichts bestoweniger voll schrecklicher Fehler
und Irrthümer. Er war ein finsterer Mann, hart-
herzig und jähzornig, rauh und unliebenswürdig im
Umgang, unbeugsam in seinem Willen und gefürchtet
wegen der Strenge der Strafen, die er verhängte.

Eine der ersten Thaten des neuen Königs war
ein die Kirchenstrafen bestätigendes Edict. Einem
Gotteslästerer sollte die Zunge mit einem glühenden
Eisen durchbohrt, alle Ketzer aber sollten lebendig
verbrannt werden. Der Geist dieses blutigen Gesetzes stand ganz mit der grausamen Bigotterie, die
einen Hauptzug in dem Character Montmorency's
bildete, im Einklang. Sein Eifer wider die Ketzer

war so groß, daß er den Beinamen „Capitaine
brûle bancs" bekam, weil er von den Kanzeln und
Bänken aus den Kirchen der Calvinisten Freuden-
feuer anzünden ließ. So war der Mann beschaffen,
der es unternahm einen Aufruhr, welcher unter den
Einwohnern von Saintogne und der Umgegend aus-
gebrochen war, zu unterdrücken. Die Ursache des
Aufruhrs war die neue Salzsteuer, welche das arme
Landvolk schwer drückte, das daher natürlich die
Ersten waren, die zu den Waffen griffen und die
Salzsteuererheber vertrieben. In sehr kurzer Zeit
breitete sich die Aufregung überallhin aus. Mord,
Brennen und Plündern waren an der Tagesordnung und der Aufstand breitete sich bis nach Bordeaux aus, welches das Hauptquartier der Unzu-
friedenen wurde. Montmorency marschirte in Person
gegen die aufrührerischen Distrikte, und wohin er
kam, richtete er Galgen auf und verfügte schreckliche
Strafen.

Die Einwohner von Saintes hatten nun etwas,
das ihre Gedanken von dem Treiben Palissy's abzog.
Sie zitterten, als sie von den furchtbaren Scenen
hörten, die in Bordeaux aufgeführt worden waren,
wo der strenge Marschal, die Annahme der Schlüssel
der Stadt verschmähend, mit seinen Truppen als
Sieger einzog und alsbald auf dem Marktplatz hun-

dert Bürger hinrichten ließ, zu gleicher Zeit die
Vornehmsten der Stadt zwingend, mit ihren Nä-
geln den Leichnam des königlichen Statthalters, der
in einem der jüngsten Tumulte erschlagen worden
war, wieder auszugraben. Nachdem er in der Kürze
diese Rache an Bordeaux genommen, rückte Montmorency in Saintogne vor, rastete auf seinem Mar-
sche zu Pons, eine Stadt, nicht weit von Saintes,
wo der königliche Statthalter dieses Departements,
der zugleich Graf von Marennes, dem berühmten
Salzdistrikt, war, wohnte. Dieser Edelmann, Sire
Antoine de Pons und seine Gemahlin, Anne de
Parthenay, gehörten zu den ersten und treuesten
Freunden und Gönnern Palisshs. Auf ihrem Schlosse
war es, wo er die Base von „wunderbarer Schönheit" sah, die wie ein Zaubermittel seinen Geist her-
vorlockte, und von ihnen hatte er zu verschiedenen
Malen Aufträge auf Kunstwerke empfangen. Die
Frau Pons war eine große Liebhaberin von Gärten
und hatte Freude an der Blumenzucht. Sie hatte
wohl kaum einen so bewunderungswürdigen, fähigen
Gehülfen in ihrer Liebhaberei finden können, als
Palissh, dessen verwandte Geschmacksrichtung ihn
in späteren Jahren zu dem Ausspruche veranlaßte:
„Ich habe in der Welt kein größeres Vergnügen gefunden, als der Besitz eines schönen Gartens."

Zufällig war zu der Zeit, als Montmorency
nach Pons kam, Bernard auf dem Schlosse von Graf
Antoine beschäftigt, einige Wandverzierungen und
Decorationen zu zeichnen und zugleich einen Park
anzulegen. Er hatte in seiner Lieblingsbeschäftigung
eine abermalige Täuschung erfahren, nieder-
drückender denn alle früheren und war nun wiederum
durch zeitweiligen Mangel von der Verfolgung seines
Zieles vertrieben werden. Die alte, gutmüthige
Dame, als sie mit Kenneraugen die außerordentliche
Geschicklichkeit und den feinen Geschmack Palissy's
erkannte, und etwas von seinen Schicksalen zu hören
wünschte, hatte ihn zu einer Erzählung seiner Drang-
sale und Widerwärtigkeiten veranlaßt. Er erzählte
ihr in der ihm eigenthümlichen, ungeschmückten Weise
Alles, was von dem Tage an, an welchem ihr Herr
Gemahl ihm die italienische Vase gezeigt hatte, ihm
zugestoßen war. Ach! sein letzter Versuch war, wie
alle andern, mißlungen und (wie er selbst erklärt)
„seine Sorgen und seine Noth hätten sich so übermäßig gehäuft" daß er alle Ueberlegung verlor.

„Und dennoch" sprach die alte Dame, als sie
diese Erzählung angehört hatte, „versichert ihr, daß
dieses letzte Mal alle Eure Berechnungen zutreffen
und das Email richtig gemischt und der Ofen so gut
construirt gewesen, daß ein einziger Tag zum Schmel-

zen genügt hätte. Woher kam es denn, daß es fehl-
schlug?"

„Die Ursache dieses unvorhergesehenen Unglücks
war die" antwortete Palissy, „daß der Mörtel, aus
welchem ich den Ofen verfertigt hatte, voll von Feuer-
steinen gewesen war, welche in der starken Hitze in
demselben Augenblick, als der Schmelz flüssig zu
werden begann, anfingen zu bersten, so daß die
Splitter gegen die, mit der kleberigen Masse bestri-
chene Töpferwaare flogen und sich darin festsetzten.
Auf diese Weise waren alle Gefäße, die sonst sehr
schön gewesen sein würden, mit kleinen Stückchen
Feuerstein bestreut, die so fest daran hafteten, daß
es unmöglich war, dieselben zu beseitigen. Der
Kummer und die Verlegenheit, die mir dieses neue
und ganz unvorhergesehene Unglück bereitete, über-
stiegen Alles, was ich bislang erfahren, umsomehr
da verschiedene meiner Gläubiger, die ich mit der
Hoffnung vertröstet hatte, daß sie aus dem Erlös
jener Gefäße befriedigt werden würden, herzugeeilt
waren, um meine Kunstwerke dem Ofen entsteigen
zu sehen und da sie sich jetzt in ihren lange gehegten
Erwartungen getäuscht sahen, in unverhohlener Be-
stürzung fortgingen." „War denn kein einziges Stück
der Beschädigung entgangen?" „Keines, Madame,
sie waren Alle mehr oder minder schadhaft, freilich

zum Wasserschöpfen noch zu gebrauchen und einige
würden wohl um einen billigen Preis zu verkaufen
gewesen sein, allein das war meiner Ehre zu nahe.
Ich schlug den ganzen Brand in Stücke und verfiel
in große Traurigkeit, freilich nicht ohne Grund, denn
ich hatte für meine Familie kein Brod mehr. Nach
einiger Zeit jedoch, nachdem ich überlegt hatte, daß
wenn ein Mann in eine Grube fällt, es seine Pflicht
ist zu versuchen, wieder herauszukommen, ich, Palissy,
mich nun aber in ähnlicher Lage befand, entschloß ich
mich, fleißig wieder anzufangen zu malen oder auf
andere Weise wieder Geld zu verdienen."

„Ein weiser Entschluß" entgegnete die Dame,
„und zugleich ein solcher, bei welchem es in meiner
Macht steht, Euch zu unterstützen. Aber horcht! ich
höre ein Horn ertönen, welches ich als das meines
Mannes erkenne und sein Nahen ankündigt in Be=
gleitung von Monseigneur, der Herzog de Montmo=
reney. Da fällt mir etwas ein; Se. Herrlichkeit
findet viel Geschmack an den schönen Künsten, seine
Gönnerschaft würde das Glück eines Mannes be=
gründen, der so zeichnen kann, als ihr. Bringt
morgen eure Abbildungen und Skizzen von Thieren,
Bäumen und Gruppirungen hierher, auch vergeßt
die Zeichnungen von euren Vasen nicht, ich will dann
schon die Gelegenheit wahrnehmen Monseigneur da=
rauf aufmerksam zu machen."

Die Dame hielt Wort, und wie sie vorhergesehen, Montmorency war von der außerordentlichen Begabung, die selbst in diesen früheren, unvollkommenen Arbeiten des großen Künstlers nicht zu verkennen war, betroffen und war auf der Stelle entschlossen Palissy Gelegenheit zu geben, seine Kunst zu seinem Dienste zu üben.

Auf diese Art wurde der große Connetable mit Palissy zuerst bekannt. Einige Jahre später wurde derselbe von ihm mit dem wichtigen Auftrag, die Ausschmückung des berühmten Schlosses Ecouen, in jenen Tagen eines der schönsten Bauwerke Frankreichs, zu besorgen, betraut.

Der Bau dieses Schlosses, ungefähr 4 Meilen von Paris entfernt, war eines der angenehmsten Beschäftigungen des reichen Marschalls während seiner gezwungenen Unthätigkeit gewesen, als die Sonne königlicher Gunst sich für ihn verdunkelte. Der Baumeister, der dasselbe gebaut, war Jean Bullant, welcher sich späterhin der Gönnerschaft der Catharine von Medici zu erfreuen hatte und bei dem Bau der Tuilerien mitwirkte. Von den Werken, welche Palissy zur Verschönerung des Schlosses beitrug, ist heutigen Tages nichts mehr übrig, als der schöne Mosaik Fußboden in der Kapelle und der Gallerie. Viel Zeit hat er auf das Malen und Emailliren der

bunten Ziegel verwandt, aus welchen dieser Fuß=
boden besteht. Die Zeichnungen, alle von seiner Hand,
sind Darstellungen aus der heiligen Schrift, meister=
haft gemalt und so bewunderungswürdig zusammen=
gestellt und ausgeführt, daß sie dem Ganzen einen
erstaunlich reichen malerischen Anstrich verleihen,
der, wie man behauptet, den des feinsten türkischen
Teppichs übertrifft.

In einem Theil der Sacristei war die Leidens=
geschichte unseres Herrn, in sechszehn Bildern, in
einzelnen Rahmen, von Palissy nach einer Zeichnung
von Albrecht Dürer auf Thon gemalt. Von diesem
Stücke und noch einem anderen, von ihm auf Glas
gemalt, Psyche nach Rafael, sind nur noch Copien
auf Papier vorhanden.*) Auch alle Fenster des
Schlosses Ecouen soll Palissy gemalt haben; auch
dürfen wir nicht zu erwähnen vergessen, daß in einer
Allee im Garten sich früher ein Springbrunnen be=
funden hat, die „Fontaine Madame" genannt, wo=
rauf sich eine ländliche Grotte befand, von welcher
Palissy stets mit Stolz sprach, als von dem größten
Triumph seiner Meisterschaft. Seine Geschicklichkeit
und seine Kunst hatten diese Grotte geschaffen und

---

*) Sie füllen 45 Blätter im VI. Band des „Musée des
Monuments francais."

der Felsen von welchem der Wasserfall herabstürzte,
war eine großartige Probe seiner gemalten Töpfer-
arbeit. Fische und Frösche waren in und an dem
Wasser angebracht, Eidechsen sonnten sich auf dem
Felsen und Schlangen wanden sich im Grase. Und
damit fromme Gedanken in der Brust derjenigen,
die kamen, die süße Ruhe und Einsamkeit dieses lieblichen Ortes zu genießen, geweckt würden, hatte der
fromme Künstler dafür gesorgt, daß auf einer passenden Stelle in Mosaik aus verschiedenen bunten
Steinen der diesem Kapitel vorgesetzte Text:

**„Wohlan alle, die ihr durstig seid, kommt
her zum Wasser"**

zu lesen war.

Wahrscheinlich waren die Form des Spring-
brunnens sowohl, als auch die Vorrichtungen zur
Speisung derselben von Palissy angegeben worden,
dessen scharfer Blick in das Studium der Natur ihn
zur selben Zeit zur Entdeckung der richtigen Theorie
der Quellen führte. „Ich habe zum Studiren kein
anderes Buch, als den Himmel und die Erde gehabt,
welches für Jedermann aufgeschlagen ist", pflegte er
zu sagen und in allen Dingen, die mit dem Studium
dieses wunderbaren Buches zusammen hängen, war
Palissy den Männern seiner Zeit sicherlich weit vor-
aus. Grotten und Springbrunnen anzulegen, war

seine Luft und sein Suchen nach Quellen für natür=
liche Springbrunnen führte ihn zur Lösung eines
Räthsels, welches dem ganzen Scharfsinn eines Des=
cartes gespottet hatte.*)

Wir greifen indeß dem Laufe unserer Erzählung
vor. Zur Zeit von Palissy's Einführung bei dem Con=
netable war er etwa vierzig Jahre alt und seine Ar=
beiten, die emaillirten Thonwaaren zu erfinden, hatte

---

*) Seine Lehre wurde bei seinen Lebzeiten von einem
Theil seiner Landsleute mißachtet und seine Schriften sind
in späterer Zeit unverdienter Vergessenheit anheimgefallen.
Einige Wenige aber gab es, die aus seinen Rathschlägen
praktischen Nutzen zogen und von der Anwendung seiner
Theorie der Quellen wird ein merkwürdiges Beispiel erzählt.
Coulange la Vineuse in Burgund war ein Ort in wel=
chem es viel Wein und wenig Wasser gab. In der That,
das Städtchen war von diesem unentbehrlichen Element gänz=
lich entblößt. Drei Mal war es schon einer schrecklichen
Feuersbrunst zum Raube geworden und große Anstrengungen
waren gemacht worden, diesem Mangel abzuhelfen, leider
aber ohne Erfolg, und Kosten und Arbeit waren umsonst ge=
wesen. Endlich, nachdem die Stadt in den Besitz des Kanz=
lers d'Arguesseau gekommen war, forderte dieser einen be=
rühmten Mathematiker und Wasserbaukünstler M. Couplet
auf, im September 1705, dem trockensten Monat eines außer=
gewöhnlich trocknen Jahres, die Sache zu untersuchen. M.
Couplet hatte die Theorie der Quellen, die in den Schriften
von Palissy enthalten ist, studirt und dieser schlaue Schüler
wußte die Kenntnisse, die er aus Palissy's Werken geschöpft,

5*

sich über einen Zeitraum von ungefähr acht Jahren
erstreckt. Es kostete ihn noch weitere acht Jahre,
während welcher er große Mühseligkeiten und zahl=
reiche Mißgeschicke zu ertragen hatte, bis er es zur
Vollkommenheit im Formen und Emailliren von
Zierathen aus Thon brachte. Von dieser Zeit an
aber fehlte es ihm nicht an Gönner und er war alle=
zeit hinreichend beschäftigt, um seine Familie ernähren

so gut anzuwenden, daß er seinem Auftraggeber nicht allein
die Stelle zeigen konnte, wo er nachgraben lassen müsse,
sondern er wußte auch anzugeben, in welcher Tiefe man
Wasser finden würde. Als in drei Monaten sich seine Prophe=
zeiungen erfüllt hatten, floß eine reichliche Menge Wasser
in die Stadt. Die Freude, die dadurch hervorgerufen wurde,
war viel größer, als die über das allergesegnetste Weinjahr:
Männer, Frauen und Kinder eilten hin, um zu trinken und
der Richter des Orts, ein Blinder, der es nicht glauben
wollte, ließ sich zur Stelle führen, um das Wasser durch seine
Finger gleiten zu lassen, wie ein Geizhals seine Goldstücke.
Die dankbaren Einwohner gaben ihren Gefühlen durch eine
Gedenktafel Ausdruck, worauf Moses dargestellt ist, wie er
das Wasser aus dem Felsen schlägt, umrankt von Reben, und
darunter die Worte „Utile dulci" und eine preisende In=
schrift.

Morly in seinem „Life of Palissy" sagt: „Palissy ist,
glaube ich, irgendwo eine Statue errichtet worden. Diese
(obenerwähnte Tafel nämlich) würde sich, unter anderen
Bildern, sehr schön an dem Fuß derselben ausgenommen
haben."

zu können. Wir werden demnächst Gelegenheit
haben, mit ihm zu den Einzelheiten seiner Prüfungen
und Kämpfe zurückzukehren und von seinen Entbehrungen und seinem Kummer hören, die er in der
Verfolgung seiner ehrgeizigen Pläne erdulden mußte.
Zuvor aber wollen wir ihn von einer andern Seite
betrachten und es wird nöthig sein unsere Erzählung
seiner Mühen im Dienst der Kunst zu unterbrechen,
während wir uns mit einigen andern Begebenheiten
in seiner Lebensgeschichte beschäftigen, durch welche
sein Gemüth geläutert und sein Character, als
Mensch und Christ ausgebildet und offenbar wurde.

Zweiter Theil.

1. Kapitel.

„Der Herr hat es gegeben, der Herr hat es
genommen, der Name des Herrn sei gelobet.“
Hiob 1, 21.

Etwa sechs oder sieben Jahre sind verflossen,
seitdem wir Palissy zuletzt sahen und es ist jetzt im
Monat Februar 1557.....

Der kurze Tag neigt sich eben zu Ende, unser
alter Freund, mit einem aufgeschlagenen Buche vor
sich, hat aufgehört zu lesen, und ruht, das Haupt,
welches anfängt zwischen dem langen braunen Haar,
welches seine Stirn beschattet, einzelne silberne Fäden
zu zeigen, auf die Hand gestützt, in Gedanken ver=
sunken aus. Seine Lippen bewegen sich und er wieder=
holt leise die Worte, die er so eben in dem heiligen
Buche gelesen hat, mit welchem er eine so innige
und fromme Bekanntschaft geschlossen hat. „Welchen
der Herr lieb hat, den züchtiget er.“ „Ja, Vater, denn

es ist also wohlgefällig gewesen vor dir." Und er
seufzte tief, stand auf und ging langsam in eine Ecke
der Kammer, wo ein Kinderbettchen stand. Er bückte
sich, und zog die Decke weg, die ein Kind, welches
darin ruhte, verhüllte. Es war ein Mädchen, wenige
Monate alt, welches einem Marmorbilde so gleich
sah, daß beim ersten Anblick Jeder gesagt haben
würde: „Das ist das Werk eines Bildhauers." Doch
nein; die Augen waren halb geöffnet, die Wimper
sanken auf die blauen Aeugelein, die selbst im Tote
noch schön waren.

Der Vater bückte sich, das zarte, liebliche Antlitz
zu küssen und kniete alsdann neben das Bettlein, die
unschuldigen Züge im Zwielicht genauer zu betrachten.

Er blieb in dieser Stellung mehrere Minuten
lang in Gedanken versunken und still betend, als er
plötzlich einen leisen, eigenthümlichen Laut ganz nahe
am Fenster vernahm. Derselbe weckte ihn aus seinen
Betrachtungen und plötzlich schlug er die Augen auf.
Wiederum traf jener Laut sein Ohr und augenblicklich
erhob er sich und sich der Thür zuwendend, sah er
hinaus, und brachte einen ähnlichen Laut hervor, als
Antwort auf den vernommenen. „Es ist Hamelin!"
rief er und im nächsten Augenblick standen beide
Freunde neben einander. Palissy empfing seinen unerwarteten Besuch äußerst herzlich und hieß ihn unter

seinem bescheidenen Dache willkommen, wo er sich
sicher fühlen dürfte, denn der Hausherr stand unter
dem besonderen Schutze des Sire Antoine, der ausdrücklich befohlen hatte, daß die Wohnung des Töpfers
durchaus unbehelligt und ungestört gelassen werden
sollte.

Nachdem er die Pflichten der Gastfreundschaft
erfüllt und sich überzeugt hatte, daß sein Gast wohl
versorgt sei, setzte Bernard sich zu Hamelin und die
Beiden vertieften sich in eine lange und ernste Unterhaltung.

Sie sprachen natürlicher Weise zuerst von Palissy's häuslichen Verhältnissen und von dem Verlust
der ihn so schwer darnieder beugte. Es war das
Sechste seiner Kinder, welches, nach Gottes Willen,
schon in einem so zarten Alter wieder von ihm schei-
den sollte und seine Seele war bedrückt. Hamelin,
von mildem, zartfühlendem Sinn, fühlte, daß seine
Augen sich mit Thränen füllten, als er seines
Freundes Kummer hörte und bemühte sich liebreich
ihn zu trösten.

Nach einiger Zeit erkundigte er sich nach den
beiden Knaben, Nicole und Mathurin, die beiden
einzigen Ueberlebenden von der zahlreichen Familie.
„Sie sind gesund und stark und werden bald ihren
Platz in der Werkstatt einnehmen" antwortete Palissy.

„Der Jüngste ist ein verständiger Kopf. Vorigen
Sommer waren einige Mönche von der Bildungs-
anstalt für Geistliche in Paris in unsere Stadt und
verschiedene andere dieser Diöcese geschickt worden,
das Volk zu überreden, daß es seine Wälder, dem
Könige zu Gefallen, niederhauen ließe. Sie machten
sonderbare Geberden und Grimassen und ihre ganzen
Predigten waren weiter nichts, als ein Schimpfen
auf die neuen Christen. Es ereignete sich, daß Einer
derselben in seiner Predigt lehrte, wie es Pflicht der
Menschen sei, sich den Himmel durch gute Werke zu
verdienen; Mathurin aber, der dabei stand und zuhörte rief: ‚Das ist Gotteslästerung! denn die Bibel
lehrt uns, daß Christus durch Sein Leiden und Sterben den Himmel verdient hat und uns denselben aus
Barmherzigkeit umsonst schenkt.‘ Er sprach so laut,
daß Viele seine Worte verstanden und es entstand
eine Aufregung. Glücklicher Weise war Victor in
der Nähe und er nahm den Knaben in Schutz, der
sonst wahrscheinlich für seine unvorsichtige Aeußerung
schwer hätte büßen müssen.“ „Wahrhaftig,“ entgegnete Philibert, „das war ein gefährliches Beginnen und es sind schreckliche Zeiten. Wenn Kinder
von fünfzehn Jahren für den Scheiterhaufen nicht
zu jung gehalten werden, wenn junge Mädchen, blos
weil sie sangen, erstochen, und Männer, die sich die

Freiheit ihres Gewissens bewahren wollen, gerädert
werden, dann wäre es kein Wunder, wenn unsere
Kinder, welche das wahre Gotteswort gelehrt wird,
die Unbefangenheit der Jugend verlören und sie mit
männlicher Stärke vertauschten und furchtlos ihre
Lobgesänge unter freiem Himmel sängen."

Das Gespräch kam auf Genf, von wo Hamelin
kürzlich zurückgekehrt war. Er war einer jener Send-
boten, welche auf Antrieb Calvins ganz Frankreich
der Länge und Breite nach durchzogen, um die reformirte Lehre zu verbreiten, hier die heilige Schrift
und fromme Bücher vorlesend, dort das Wort pre-
digend und ermahnend, vor allen Dingen aber bemüht, eine dem Evangelium entsprechende Seelsorge
einzurichten; allenthalben wohin sie kamen, ergriffen
sie die Gelegenheit, Prediger auszusuchen, welche
die Seelsorge für die kleinen, verachteten Heerden,
die in Städten und Dörfern zerstreut waren, über-
nehmen konnten.

Die wunderbare Thatkraft des großen Refor-
mators war unaufhörlich in einer oder anderer Weise
thätig. Er überredete viele französische Flüchtlinge
Buchhändler oder Buchdrucker zu werden; er stiftete
zahlreiche Schulen, seine Jünger für ihr Werk vor-
zubereiten und Genf wurde unter seiner Aufsicht die
Mutterstadt der reformirten Lehre, der Mittelpunkt

einer mächtigen Propaganda und eine der berühmtesten Lehrstühle der Theologie. Es ist fast unbegreiflich wie er in späteren Jahren die ungeheuren Arbeiten bewältigen konnte. Er predigte fast jeden Tag, hielt drei theologische Vorlesungen in der Woche, er wohnte allen Consistorial-Conferenzen bei und war in allen Pastorenversammlungen, deren Seele er war, zugegen. Außerdem führte er einen ausgebreiteten Briefwechsel mit ganz Europa und gab jedes Jahr mindestens eine Streitschrift oder ein Werk über Theologie heraus. Bei allen diesen Arbeiten und noch vielen anderen mehr, war er dennoch nur von schwächlicher Leibesbeschaffenheit und sein Leben lang mit vielerlei Krankheiten geplagt. Hamelin machte dermalen folgende Schilderung von seiner Persönlichkeit: „Er sieht wie ein alter Eremit aus, abgemagert durch langes Nachtwachen und Fasten; seine Wangen sind eingesunken, seine Stirn ist gefurcht, sein Antlitz farblos, wie das einer Leiche, aber seine funkelnden Augen sprühen mit einem überirdischen Feuer. Seine Haltung ist etwas vorüber geneigt und seine Knochen scheinen aus der Haut herausdringen zu wollen, sein Gang aber ist sicher und sein Schritt fest."

Die Freunde unterhielten sich alsdann von einem Gegenstand von höchster Wichtigkeit für Beide.

Auf den Rath und Anstiften Hamelins war Ber=
nard seit langer Zeit schon gewohnt gewesen, an den
Sonntagen eine kleine Anzahl geringer Leute um
sich zu versammeln, ihnen die heilige Schrift vorzu=
lesen und wöchentliche Ermahnungen zu halten. An=
fangs überstieg ihre Zahl nicht neun oder zehn, und
es waren dürftige, ungebildete Männer, jedoch sie
setzten ihr Herz an die Sache und aus diesem kleinen
Anfang bildete sich eine Kirche, die in wenigen Jahren
wuchs und blühete. Höchst einfach und rührend ist
der Bericht Palissy's, in welcher Weise er „getrieben
von einem ernsten Verlangen das Evangelium aus=
zubreiten," täglich mit Victor in der Schrift forschte
und wie die Beiden endlich, nachdem sie zuvor zu=
sammen Rath gehalten, an einem Sonntag Morgen
einige Nachbarn um sich versammelten, denen Ber=
nard „gewisse Stellen und Texte, welche er sich auf=
geschrieben hatte, vorlas, und mit ihnen Betrach=
tungen darüber anstellte." Zuerst zeigte er ihnen,
wie jeder Mensch, je nach den Gaben, welche er em=
pfangen, dieselben Andern mittheilen sollte, und daß
ein jeglicher Baum, welcher nicht Früchte trägt,
abgehauen und ins Feuer geworfen werden müßte.
Er trug ihnen auch das Gleichniß von den
Pfunden vor und eine Menge ähnlicher Texte.
Hernach ermahnte er sie und stellte ihnen vor, daß

es die Pflicht aller Menschen sei, von den Rechten
und Verordnungen Gottes zu sprechen und daß man
seine Lehren, um seines niedrigen Standes willen
nicht verachten dürfe, da Gott dasjenige, was die
Menschen für groß halten, sehr gering achte. Denn
während Er Klugheit, vornehme Geburt oder irdische
Größe an solche austheilt, die niemals Sein Angesicht schauen werden, beruft Er die armen Menschen,
welche die Welt als den Abschaum und Auswurf
betrachtet, zu Erben Seiner Herrlichkeit. Diese er-
hebt Er aus dem Staube, setzt sie unter die Fürsten
und macht sie zu Seinen Söhnen und Töchtern. „O,
das Wunder!" Alsdann bat er seine Zuhörer seinem
Beispiele zu folgen und so zu thun, als wie er gethan
habe, welches er ihnen mit solchem Erfolg empfahl,
daß sie zur selbigen Stunde beschlossen, daß sechs
von ihnen wöchentlich Vorträge halten sollten, das
heißt, Jeder von ihnen ein Mal in sechs Wochen,
an einem Sonntage. Und es wurde verabredet, daß,
„nachdem sie ein Amt übernahmen, in welchem sie
niemals waren unterrichtet worden, sie dasjenige,
welches sie vorzutragen hatten, zu Papier bringen
und der Versammlung vorlesen sollten." „Das war"
sagt Palissy „der Anfang der Reformirten Kirche
zu Saintes." Sechs arme ungelehrte Männer waren es, welche den Muth besaßen, mit entschlossenem

Herzen eine Gemeinde protestantischer Christen in
einer Stadt, die erst jüngst einen Ketzer hatte ver=
brennen sehen, zu bilden.

Die Namen unserer berühmten Helden, Patrici=
ten und Staatsmänner suchen wir in den Geschichts=
büchern irdischer Herrlichkeit. Die einzigen Jahr=
bücher, in welchen der Name unsers Töpfers aufbe=
wahrt wird, sind die von der verachteten Hugenotten=
kirche zu Saintes. In einer Predigerliste aus jener
Zeit finden wir den Namen Bernard Palissy.

Wir haben keinen andern Bericht über die Weise
in welcher er sein Seelsorgeramt betrieb, als das
Wenige, welches wir so eben gegeben haben, wir
wissen aber, daß die Lehre der Reformirten Kirche
in Frankreich sich auf Gottes Wort gründete. Der
Wahlspruch ihrer Bekenner hieß: „Das Wort Gottes
ist genügend,“ „Christum und Sein Wort kennen,
ist die einzige lebendige, allgemeine Theologie; wer
diese kennt, weiß Alles“ sagten die beiden Männer,
welche in Paris zuerst das Evangelium predigten.
Die Lehre von der Rechtfertigung durch den Glauben
warf mit einem einzigen Schlage die Spitzfindig=
keiten der Schulgelehrten und den Trug des Papst=
thums über den Haufen. „Gott allein ist es“ sagte
Lefebre in dem Hörsal der Universität zu Paris,
„der durch Seine Gnade, durch den Glauben gerecht

macht zum ewigen Leben. Es gibt eine Gerechtigkeit
durch gute Werke, es gibt eine Gerechtigkeit durch
Gnade; die eine ist irdisch und vergänglich, die an=
dere ist himmlisch und ewig; die eine ist der Schatten
und das Zeichen, die andere das Licht und die
Wahrheit; die eine läßt uns die Sünde erkennen,
damit wir dem Tode entrinnen, die andere offenbart
uns die Gnade, damit wir das ewige Leben empfan=
gen." „Aus Gnaden sind wir selig geworden, durch
den Glauben; und dasselbige nicht aus uns, Gottes
Gabe ist es." Das war die Hauptwahrheit, welche
Palissy lehrte und welche seine Zuhörer aufnahmen
in der Liebe zur Wahrheit.

2. Kapitel.

Denn er sahe an die Belohnung. Ebr. 11, 26.

Der Tag nach Hamelin's unerwartetem Besuch
bei seinem Freunde war ein Sonntag und mit
Freuden ergriff er die Gelegenheit, sobald als die
Schatten der Nacht ihren schützenden Schleier aus=
gebreitet hatten, durch die Straßen zu schleichen und
am Versammlungsort zu erscheinen, wo er mit der
kleinen Gemeinde betete und dieselbe ermahnte, guten
Muthes zu sein und mit der Hoffnung aufrichtete,
daß sie bald einen Prediger bekommen sollten, die

Seelsorge bei ihnen wahrzunehmen. Am andern
Tage reiste er nach Allevert, wo er, da er von vielen
Leuten freundlich aufgenommen worden war, einige
Zeit blieb, indem er dieselben durch Läuten einer
Glocke zusammen rief, damit sie seine Ermahnungen
anhörten, auch taufte er daselbst ein Kind. Es währte
nicht lange, bis die Nachricht von diesen Vorgängen
nach Saintes kam und sofort bei verschiedenen Be-
amten in dieser Stadt eine große Aufregung hervorbrachte, welche den Bischof, zur Zeit eben in seinem
Sprengel anwesend, vermochten, daß er sie zu Maßregeln gegen Hamelin autorisirte.

Dieser arme Hugenotte war so dürftig versorgt,
daß er keine andere Ausrüstung mitgenommen, als
den einfachen Stab in seiner Hand. Weder Börse
noch Tasche hatte er, viel weniger noch Waffen zu
seiner Vertheidigung. Allein und furchtlos ging er
seines Weges, lediglich die Botschaft im Auge, die
er auszurichten hatte. Sein Freund, der augenscheinlich mit der größten Liebe und Verehrung zu
ihm aufsah, nachdem er seinen vertheidigungslosen
Zustand, seine Armuth und glaubensstarken Geist
beschrieben, stellt diesem in scherzhafter Weise alle
die außerordentlichen und lächerlichen Maßregeln
gegenüber, welche seine Feinde ergriffen, die „den
Bischof zwangen Geld herzugeben, um die Verfol-

6

gung des gedachten Philibert mit Heeresmacht, Roß
und Reitern ins Werk zu richten." Mit diesem gan=
zen lärmenden Troß setzten sie in aller Eile nach der
Insel Allevert über, wo sie jenes getaufte Kind noch
einmal tauften — um damit, so viel in ihren Kräften
stand, das Unheil wieder gut zu machen, welches
der Ketzer angerichtet, den sie, obgleich es ihnen miß=
lang, ihn an demselben Ort zu fangen, bald darauf
in der Behausung eines Landedelmannes in der Nach=
barschaft entdeckten. Sie ergriffen ihn und führten
ihn gewaltsamer Weise, als einen Verbrecher in das
Zuchthaus zu Saintes, wo sie ihn unter strenger
Bewachung einschlossen.

Schrecklich war Palissy's Schmerz, als er er=
fuhr, daß sein Freund, den er vor Allen hochschätzte,
von gottlosen Menschen zum Gefangenen gemacht
worden war, von denen er recht gut wußte, daß sie
Beides, die Macht und auch den Willen hatten,
Hamelin zu verderben. In seiner Brust kämpfte die
Entrüstung mit dem Kummer und als er an die
tadellosen Reden, die uneigennützige Mildthätigkeit
und die Arglosigkeit dieses Mannes dachte, rief er
aus: „Ich bin voll Verwunderung, wie Menschen
es wagen mochten, über ihn in einem Gericht über
Leben und Tod zu sitzen, da sie doch gehört hatten
und recht wohl wußten, daß sein Leben ein

unsträfliches heiliges war." Nicht zufrieden damit, das Unglück seines Freundes unthätig zu be-
weinen, erzählt er uns, daß er sich ein Herz faßte
und ungeachtet, daß es eine gefährliche Zeit war,
„hinging und fünf oder sechs der obersten Richter
und Magistratspersonen der Stadt Vorstellungen
machte, daß sie einen Propheten oder einen Engel
des Herrn eingekerkert hätten,"wobei er ihnen die Versicherung gab, daß er Philibert Hamelin bereits seit
eilf Jahren kenne, daß derselbe ein heiliges Leben
führe, so daß es ihm scheine, daß andere Leute im
Vergleich zu diesem Teufel seien.

Harte, strenge Worte, von dem beleidigten frommen Gefühl eines gläubigen Herzens eingegeben,
dem jeder selbstsüchtige Gedanke fern lag. Es war
wahrlich keine gering anzuschlagende Gefahr, welcher
Bernard sich aussetzte. Die Verordnung von Château-
briand war erst vor Kurzem erschienen, die alle
früheren Strafen verschärfte, es Allen verbot, irgend
Einem, der sich zu der neuen Religion bekannte,
Beistand zu leisten oder ihm eine Stätte zu gönnen,
sie versprach allen Solchen eine Belohnung, welche
dieselben anzeigten, kurz verschärfte die Gesetze gegen
die Ketzerei derart, daß das Leben desjenigen, den
man als Ketzer kannte, von dem guten Willen seines
Nächsten abhing. Angesichts solcher Gefahr ging

6*

Palissy zu denselben Männern, die vermöge ihres
Amtes verpflichtet waren, seine Unbesonnenheit zu
bestrafen, machte ihnen kühne Vorstellungen und behauptete die Unschuld und Tugendhaftigkeit des Gefangenen. Dieses muthige und ehrenhafte Beginnen
blieb fruchtlos. Die Richter freilich hatten so viel
Menschlichkeit, daß sie seine Kühnheit nicht als Waffe
gegen ihn selbst gebrauchten, sie hörten ihn sogar mit
Höflichkeit an und versuchten sich wegen der Ver-
urtheilung Hamelin's zu entschuldigen. Um Palissy's
eigene Worte zu gebrauchen: „Blos um ihre Hände
um so besser in Unschuld waschen zu können und um
ihr Herz zu erleichtern, brachten sie vor, daß er ein
Priester der römischen Kirche gewesen sei, deshalb
sandten sie ihn durch einen Generalprofoß unter
guter Bedeckung nach Bordeaux." Damit war sein
Schicksal besiegelt, denn Bordeaux war bekannt dafür, daß es das Vorzimmer zum Schaffot sei.

Noch ein Versuch wurde, während Hamelin in
Saintes gefangen saß, zu seiner Befreiung gemacht,
welcher aus mehr als einem Grunde erwähnt zu
werden verdient. Die Nachricht von seiner Gefangennahme hatte sich in der ganzen Umgegend verbreitet
und kam auch einer kleinen, von ihm gegründeten
Gemeinde an einem abgelegenen Orte zu Ohren.
Diese armen Leute, als sie die böse Neuigkeit er-

fuhren, verloren keine Zeit miteinander zu überlegen,
wie sie wohl am besten dem, den sie als ihren geist=
lichen Vater liebten und verehrten, die Freiheit ver=
schaffen möchten. Die Folge ihrer Berathung wurde
bald offenbar, als am Tage vor seiner Abführung
nach Bordeaux heimlich ein Sachwalter im Ge=
fangenhause, in welchem Hamelin sich befand, erschien
und dem Kerkermeister die Summe von 300 Livres
bot, wenn er in jener Nacht den Gefangenen zur
Thür des Gefangenhauses hinauslassen wolle. Dieses
Anerbieten war verführerisch; der schwache Beamte
war unschlüssig und wollte zuvor mit Philibert selbst
über die Sache sprechen. Dessen hochherzige Ant=
wort lautete, daß er lieber durch Henkershand um=
kommen wolle, als einen Andern um seiner eigenen
Sicherheit willen in Gefahr bringen. Als der Sach=
walter dieses hörte, nahm er sein Geld und kehrte
zu denen, die ihn gesandt hatten, wieder zurück. „Ich
frage euch nun“ sprach Palissy, als er dieses wür=
dige Benehmen seinen Freunden erzählte, „wer ist
unter uns, der desgleichen thun würde, wenn er sich
in der Gewalt seiner Todfeinde befände?“

Es war eine traurige Zusammenkunft, als die
junge Gemeinde am nächsten Sonntag nach Ham=
lin's Tode sich versammelte. Sie blickten einander be=
trübt an und begannen traurig die heilige Handlung des

Tages. Als der Gottesdienst vorüber war, führte Palissy einen neuen Prediger, Namens de la Place, ein, der von ihrem dahingeschiedenen Freunde dazu auserwählt worden war, in Allevert das Amt eines Predigers zu üben. Die Ereignisse aber, welche sich jüngst zugetragen, machten es in einem hohen Grade gefahrvoll und unzulässig sich dorthin zu begeben, auch hatte derselbe Briefe bekommen, die ihn warnten, seine Reise fortzusetzen.

Zufolge dieser Nachrichten war er in Saintes zurückgeblieben, wo er bei Bernard in Sicherheit wohnte, der ihn jetzt den Brüdern vorstellte, und diese baten denselben einstimmig bei ihnen zu bleiben und ihr Prediger des Wortes Gottes zu werden. Auf diese Weise wurden sie höchst unerwartet mit einem Prediger versorgt.

Bevor die Versammlung aufbrach, erzählte Victor, äußerlich gefaßt, jedoch mit tiefer Trauer im Herzen, einige rührende Umstände, die er über die letzten Stunden ihres zum Blutzeugen gewordenen Freundes erfahren hatte. Derselbe war nicht allein gewesen, ein Gefährte in der Trübsal hatte mit ihm geduldet und den Tod erlitten, den Philibert noch in der letzten Prüfungsstunde durch sein stilles Gottvertrauen und seine frohe Zuversicht der ewigen Freuden, die ihrer warteten, gestärkt und aufge...

hatte. An dem Morgen, der zu ihrer Hinrichtung
ausersehen war, weckte er seinen Gefährten, der mit
ihm in derselben Zelle schlief und indem er mit der
Hand auf den herrlichen Sonnenaufgang deutete,
der in diesem Augenblick den östlichen Himmel zu
röthen begann, rief er: „Laß uns uns freuen und
fröhlich sein, denn wenn der Anblick der Natur und
die Rückkehr des Tageslichts hier auf Erden schon so
schön ist, wie wird da der Morgen sein, den wir in
den Wohnungen des Himmels erblicken werden?"

Seine Ruhe und Frömmigkeit ergriff sogar den
abgehärteten Kerkermeister, der von dem, was er
sah und hörte so gerührt war, daß er mit Einem,
der insgeheim mit den Märtyrern gleichen Sinnes
war, darüber sprach und dieser erzählte alle Einzelheiten Victor wieder. Als sie zum Galgen geführt
wurden blieb Hamelin gefaßt und ein himmlischer
Friede lag auf seinem Angesicht. Er wurde noch einmal gefragt, ob er widerrufen und zum wahren
Glauben zurückkehren wolle, allein unbewegt und fest
in der Hoffnung, sang er ein frommes Lied und gab
auf die Zudringlichkeiten der ihn Umgebenden nur
die eine Antwort: „Ich sterbe um des Namens Jesu
Christi willen." Seine letzten Worte lauteten:
„Herr Jesus erbarme Dich mein!"

Als Victor seine Erzählung schloß, sprach Palissy:

„Brüder, ihr habt das Ende eines Kindes Gottes
gehört, dem wir in nicht geringem Grade verpflichtet
sind, denn wenn unter uns etwas von jener christ=
lichen Gemeinschaft in der Liebe, welche die Frucht
der Gemeinschaft der Glieder des Leibes Christi ist,
vorhanden sein sollte, dann haben wir es wahrlich
blos seinem Einfluß zu verdanken. Alles, was unter
uns geschehen ist, ist die Frucht des guten Beispiels,
des Rathes, der Lehren dieses geliebten Bruders in
dem Herrn. Und glaubt ihr“ fuhr er fort und sein
Auge leuchtete, seine Stimme zitterte vor innerer
Bewegung — „daß sie, die den Gerechten verdammt
haben, mit ihrer Unwissenheit entschuldigt sein wer=
den? Sicherlich wußten die Richter dieser Stadt
ganz gut, daß sein Leben ein heiliges war, nichts
desto weniger ließen sie sich durch die Furcht verleiten
damit sie ihre Stellen nicht verlören; so haben wir
die Sache anzusehen. Und daher lieferten sie ihn
aus und veranlaßten, daß er gehangen wurde, gleich=
wie ein gemeiner Dieb. Aber wird Gott Seinen
Auserwählten nicht rächen? Wird Er nicht zeigen,
daß der Tod Seiner Zeugen in Seinen Augen köstlich
ist? Wahrlich, aus dem Blute der Märtyrer ist be=
reits eine reiche Ernte entsprossen, und die Asche
der Gerechten, in alle vier Winde gestreut, ist der
Same Seines Reiches geworden.“

Diese Worte des hochherzigen Töpfers erinnern uns daran, was Luther einige dreißig Jahre früher gesprochen hat, als er die Verfolgung und den Tod einiger seiner Schüler hörte. „Endlich" sprach er, „erntet Christus einige Früchte unserer Arbeit und schafft neue Blutzeugen. Ihre Bande sind unsere Bande, ihre Kerker sind unsere Kerker, ihre Scheiter= haufen sind unsere Scheiterhaufen. Wir sind alle bei ihnen und der Herr ist an unserer Spitze." Später feierte er diese ersten Opfer der Reformation in einem schönen Gesange, der bald in ganz Deutsch= land gesungen wurde und überall Begeisterung für die heilige Sache Gottes verbreitete:

> „Die Asche will nicht lassen ab,
> „Sie stäubt in alle Landen.
> „Hie hilft kein Bach, noch Loch, noch Grab."

Die ersten Jahre der kleinen reformirten Kirche zu Saintes waren recht prüfungsvolle. Sie wurde im Anfang mit vieler Schwierigkeit und unter großen Gefahren gegründet und diejenigen, die es wagten sich darin aufnehmen zu lassen, wurden getadelt und auf die boshafteste Weise verleumdet. Die Unwissen= heit und der Aberglaube jenes Zeitalters und Landes wurden gegen die Anhänger des neuen Glaubens in die Schranken gerufen und die niederträchtigsten Verleumdungen gegen sie verbreitet, die sogar von

Solchen bestätigt wurden, die Zeugen ihres tadellosen Wandels waren. Sehr häufig wurden ihre
gottesdienstlichen Versammlungen, aus Furcht vor
ihren Feinden in den dunklen Stunden der Nacht
gehalten und diesen Umstand benutzte man zu dem
Vorgeben, daß wenn ihre Lehre eine gute wäre, sie
dieselbe öffentlich predigen würden. Man beschul-
digte sie sogar der Gottlosigkeit und unkeuscher Auf-
führung in ihren Versammlungen, auch fehlte es
nicht an Gottlosen die da behaupteten, die Ketzer
hätten Verbindung mit dem Teufel. Aller dieser
Dinge ungeachtet blieb die Gemeinde indeß bestehen
und wuchs und nach einiger Zeit bekam sie einen er-
staunlichen Zuwachs. Der schüchterne Anfang, der
schnelle Fortschritt und endlich die erfolgreiche Grün-
dung und der zunehmende Einfluß der reformirten
Lehre wurde von Palissy mit liebevoller Treue auf-
gezeichnet. Er prüfte mit den Augen eines Christen
und Weisen das Verfahren der Vorsehung und beobachtete aufmerksam die verschiedenen Wege, auf
welchen Gott Seine Weisheit und Barmherzigkeit
offenbarte.

Ein römisch katholischer Geschichtschreiber aus
jener Zeit macht die Bemerkung, daß „die Maler,
Uhrmacher, Modelirer, Juweliere, Buchhändler,
Buchdrucker und Andere, obgleich geringe Hand-

werfer, die jedoch einige Uebung im Denken hatten,
es waren, welche sich die neuen Ideen aneigneten."
Welch ein erfreulicher und lehrreicher Umstand, der
den Beweis liefert, daß nicht blos für die Reichen
und Müßigen, die Gelehrten und Gebildeten jene
besten und auserlesensten Gaben Gottes — Augen
zu sehen, Ohren zu hören und ein Herz, weise die
himmlische Lehre vom Kreuz zu verstehen — vorhanden sind. Nirgend könnten wir dafür einen so
schlagenden Beweis finden, als das Leben Palissy's.
Während er mit Lust und frommen Ernst in seinem
Beruf arbeitete, so war doch sein köstlichster, sein er-
wählter Beruf nicht seine Kunst, sondern die Erkenntniß und der Dienst Gottes seines Heilandes.
Er gehorchte dem Gebote der Schrift: „Trachtet am
ersten nach dem Reiche Gottes und nach seiner Gerechtigkeit," und indem er sich gürtete, den Kampf
mit dem Irrthum zu bestehen, wurde seine Seele
von heiliger Begeisterung ergriffen, und nachdem er
sich das Recht der freien Forschung genommen hatte,
machte er sich kein Gewissen daraus, seinen Glauben
frei zu bekennen.

3. Kapitel.

„Wo man arbeitet, da ist genug.

Sprüche. 14, 23.

Wahrscheinlich ist die glücklichste Zeit in Palissys Leben die, bei welcher wir jetzt angekommen sind. Endlich hatten seine großen Kämpfe als Töpfer ein Ende genommen. Noch arbeitete er mit Segen in seinem Beruf, noch stand er in der Blüthe seiner Jahre und, vor allen Dingen, er hatte das frohe Bewußtsein, seine Aufgabe gelöst und das Ziel, um dessentwillen er Jahre lang Entbehrungen und Schmach ertragen, erreicht zu haben. Wir wollen uns bei den letzten Täuschungen, welche er noch erdulden mußte, ehe er diesen Punkt erreichte, nicht aufhalten. Es waren ihrer viele und äußerst schmerzensreiche. Der folgende Vorfall gibt uns einen flüchtigen Einblick in dieselben. Eines Tages begegnete er einem Freunde, den er in vielen Jahren nicht gesehen hatte. Zuerst war er in den Tagen seiner Jugend mit ihm in Tarbes zusammen getroffen, wo sie zusammen arbeiteten und gemeinschaftlich die Lehren Hamelin's hörten. Sein Gefährte war in Folge dessen zum reformirten Bekenntniß übergetreten und wurde hernach einer jener Colporteure, die sich damit beschäftigten, religiöse Bücher zu verbreiten. Auf seinen Wanderungen hatte er gelegentlich

Saintes besucht, es war aber schon lange her, als er zuletzt dort war. Wie bei früheren Gelegenheiten so bemühte er sich auch jetzt eifrig Palissy aufzufinden, dem er viel Wichtiges in Bezug auf die Verbreitung der Wahrheit in allen Provinzen Frankreichs erzählte, während er zu gleicher Zeit ein betrübendes Bild von den schrecklichen Leiden aller Volksklassen entwarf; denn es ist behauptet worden und wahrscheinlich ohne wesentliche Uebertreibung, daß während des sechszehnten Jahrhunderts in Frankreich wohl kaum ein einziger armer Bauer lebte, dessen Leben nicht von Seiten des Staats getrübt oder verbittert worden wäre und der nicht ein Mal zu irgend einer Zeit durch die Hand einer hartherzigen Regierung schwer gelitten hätte. Nachdem er seine Erzählung beendigt, ersuchte der würdige Mann Bernard Einiges aus seiner eigenen Lebensgeschichte zu erzählen und was sich in den letzten Jahren in der guten Stadt Saintes zugetragen hat.

„Was mich selbst betrifft," fing Palissy an, „so darf ich wohl sagen, daß es mir im Vergleich gegen früher recht wohl geht. Indeß ich habe, seitdem ich dich zuletzt sah, Vieles gelitten. Während eines Zeitraums von im Ganzen wohl fünfzehn bis sechzehn Jahren habe ich in meinem Geschäfte viele Irrthümer begangen. Wenn ich mit Mühe gelernt hatte,

mich gegen eine Gefahr zu schützen, dann brach eine
andere von einer Seite herein, worauf ich gar nicht
gerechnet hatte. Ich baute verschiedene Oefen, die
mir große Verlüste brachten, ehe ich verstand, sie
gleichmäßig zu heizen. Zuletzt brachte ich es dahin,
daß ich Gefäße von verschiedenerlei Email, ähnlich
wie Jaspis, machen konnte. Davon lebte ich mehrere Jahre, und als ich endlich meine kleinen Na-
turbilder *) erfunden hatte, da war ich in größerer
Bekümmerniß und Verlegenheit denn je zuvor, denn
als ich eine Anzahl davon fertig hatte, und sie zum
Brennen in den Ofen stellte, schmolzen einige meiner
Emailen und wurden wunderschön, andere hingegen
gerade das Gegentheil, weil sie aus verschiedenen
Stoffen zusammengesetzt und in verschiedenen Hitzegraden schmelzbar waren. Auf diese Weise waren

---

*) Die Töpferwaare von Palissy (von welcher noch jetzt
ausgezeichnete Stücke vorhanden sind), war an sich höchst
eigenthümlich. Er war ein Naturforscher und hatte eine
große, angeborne Liebe für das Schöne. In seinen Werken
die glänzenden Farben und zarten Formen der Pflanzen und
Thiere, die er so lange und so häufig in Wald und Flur mit
Vergnügen betrachtet hatte, nachzubilden, war seine Lust,
und darauf begründete sich vornehmlich sein Ruf. Der Titel,
welchen er sich selbst beigelegt hatte, hieß: Ouvrier de Terre
et Inventeur de Rustiques Figulines — d. h. Arbeiter in
Thon und Erfinder von Thonbildern aus der Natur. Diese

die Eidechsen schon lange verbrannt, ehe die Farbe
der Schlangen geschmolzen war, und die Farbe der
Schlangen, Hummer, Schildkröten und Krebse war
geschmolzen, ehe das weiße Email seine rechte Schön=
heit bekommen hatte. Alle diese Mängel verursachten
mir viele Kosten und Kopfbrechen, so daß ich manch=
mal dachte, ich würde, ehe ich es dahin brächte,
meine verschiedenen Emaile in gleichen Hitzegraden
schmelzen zu können, mit einem Fuße bereits im
Grabe stehen." „Ei mein lieber Freund, du siehst
jetzt doch noch leidlich wohl und gesund aus und
scheinst an deinen fünfzig Jahren nicht schwerer als
die meisten andern Leute zu tragen." „Das mag
wohl sein," war die Antwort, „du würdest aber
anders gesprochen haben, wenn du mich vor einiger
Zeit gesehen hättest, denn in Folge einer zehnjäh=
rigen, ununterbrochenen Arbeit und Sorge war

---

waren ganz genaue Nachahmungen aus dem Leben der
Thiere, Schlangen, Pflanzen und anderer Naturprodukte
geschmackvoll an Vasen und Schüsseln angebracht. Seine
reiche Einbildungskraft bedeckte seine Werke mit künstlichen
Zierathen, alle waren aber so genau der Natur in Form
und Farbe nachgebildet, daß selbst die Art leicht zu erkennen
war, und man wird schwerlich ein künstliches Blatt, eine
Eidechse, Schmetterling oder Käfer daran finden, welches
nicht den Bergen, Wäldern, Feldern, Flüssen und Seen
Frankreichs angehört.

7

mein Leib so abgemagert, daß an meinen Beinen
keine Form und an meinen Armen keine Rundung
mehr zu erkennen war, so daß meine Glieder allenthalben von gleicher Dicke waren, und sobald ich ging
nicht nur meine Strumpfbänder, sondern die Strümpfe
selbst auch, auf meine Fersen herabfielen. Ich pflegte
häufig in den Wiesen um Saintes herum spazieren
zu gehen und über meinen Kummer und meine
Trübsal zu grübeln, insbesondere darüber, daß ich
in meinem eigenen Hause nicht Trost noch Ruhe
finden konnte. Wahrlich ich war von Allen verachtet
und gemieden. Dennoch machte ich es stets möglich,
einige buntfarbige Thonwaaren fertig zu bringen,
womit ich mich kümmerlich ernährte. Unterdeß gab
mir die Hoffnung, die mich stützte, solch männlichen
Muth zu meiner Arbeit, daß ich oft, wenn mich
Leute besuchten, versuchte zu lachen, so traurig wie
es mir auch ums Herz war." — „Wer könnte glauben, Meister Bernard wäre jemals traurig gewesen?"
rief eine muntere Stimme, und in demselben Augenblick trat ein feiner Herr in die Werkstatt und schaute
in die Kammer, wo Bernard mit seinem Freunde
saß. „Um so reden zu können, macht Ihr zu gute
Geschäfte und Eure Geldtruhe muß sich, nach den
Preisen zu urtheilen, die Ihr für Eure hübsche Töpferwaare nehmt, zusehends füllen." „Der Seigneur

de Burie spricht zu nachsichtig von meiner Arbeit," entgegnete Bernard, während sein Besuch einige rei= zende Sachen, die sich noch in der Arbeit befanden, bewundernd musterte und ihm einen Auftrag auf verschiedene emailirte Thonsachen ertheilte — jene schönen Bildwerke aus Thon, welche vor Zeiten dazu dienten, die Schlösser und Paläste der Großen des Landes zu zieren.

„Der Graf de la Rochefoucoult möchte gerne Eure Werkstätte besuchen, Meister Bernard," sagte der Edelmann, als er Abschied nahm, „und seine Gönnerschaft würde aus mehr als einem Grunde sehr schätzenswerth für Euch sein. Er wird Euch nicht blos Aufträge auf Eure Arbeiten geben, son= dern sein Einfluß kann Euch auch gegen die Gefahren schützen, denen Ihr Euch als ein Anhänger der neuen Religion aussetzet. Es ist freilich wahr, der Bei= stand des Herrn Grafen de Montmorency ist so mächtig, daß er zu Eurem Schutz genügt und ein Mann, der mit einem wichtigen Antheil an dem be= rühmten Bauwerk zu Ecouen betraut ist, muß sicher= lich einen ausgedehnten Kreis von Freunden und Gönnern, oder zum wenigsten doch viele Bewun= derer und Kunden haben. Dessenungeachtet möchte ich Euch doch wohl einen guten Rath ins Ohr flüstern. Erst gestern traf ich Sr. Hochwürden den Dechanten

7*

dieser Stadt in einem Hofzirkel, wo von der Zu=
nahme des ketzerischen Treibens die Rede war, und
zu meinem Bedauern hörte ich dort, daß Ihr Euch
diesem Würdenträger sowohl, als der übrigen Geist=
lichkeit durch Eure unüberlegten Reden sehr verhaßt
gemacht habt. Nehmt es mir nicht übel, wenn ich
Euch sage, es würde gut sein, wenn Ihr vorsichtiger
wäret. Steht nicht in der heiligen Schrift eine
Stelle, die uns befiehlt, ‚klug zu sein wie die Schlan=
gen‘?"

„Ich danke Euch von ganzem Herzen für Euren
guten Willen, gnädiger Herr" antwortete Palissy
„aber ich gebe Euch die Versicherung, die Herren in
jener Gesellschaft können mir durchaus gar nichts
zur Last legen, außer daß ich ihnen zuweilen Stellen
aus der Schrift vorgehalten habe, in welchen ge=
schrieben steht, daß derjenige unselig und ruchlos ist,
der die Milch der Schafe trinkt und deren Wolle
als Kleidung trägt, ohne dafür zu sorgen, daß sie
auch Weide haben. Dies hätte sie doch gewiß eher
dazu treiben sollen, mich zu lieben, als Mißtrauen
in meine Worte und meine Aufrichtigkeit zu setzen.
In dem Munde eines ehrlichen Mannes ist der
Tadel ein Freundschaftsstück und kein Grund zum
Mißfallen." „Wahrlich" rief der Edelmann lachend,
der Tadel muß doch geschmerzt haben, ich glaube, der

Schuh hat nur zu gut gepaßt. Es ist bekannt genug, daß Sr. Majestät selbst ähnliche Worte gesagt worden sind. Der Generaladvocat Séguier hat neulich im Parlament in Paris gegen den König eine kühne Rede geführt. ‚Wenn die Ketzerei unterdrückt werden soll,‘ hat er gesagt, ‚so müssen die Pastoren gezwungen werden in ihrer Heerde zu arbeiten. Fangt damit an, Sire, daß Ihr eine Verordnung an das Volk erlaßt, die nicht Euer Königreich mit Schafotte bedeckt oder dasselbe mit dem Blut und den Thränen Eurer Unterthanen düngt. Fern von eurem Angesicht, — gebeugt durch die Arbeit des Feldes, oder von der Uebung der Künste und dem Handel in Anspruch genommen, können sie nicht selbst für sich reden. Das Parlament ist es, welches in ihrem Namen, Ew. Majestät diese gehorsamste Vorstellung und demüthige Bitte vorlegt.‘“

„Ich glaube solche Sprache war weise und zeitgemäß. Was hat der König darauf geantwortet?“

„Der König? O, er hörte sie an, lächelte beifällig und alles geht wie zuvor. Indeß die Rede hat doch ein Gutes gehabt, denn der Widerspruch des Parlaments, der gegen eine höchst drückende Verordnung gerichtet war, hat die Inkrafttretung derselben verhindert.“

Als der junge Edelmann sich zum Fortgehen

wandte, fiel sein Auge auf eine geschnitzte Gruppe, welche etwas abseits stand. „Ach! was habt ihr da? Wie lieblich diese Kindergestalt, sie erinnert mich an meine kleine Amélie;" und er trat näher hinzu. Es war ein junges Mädchen mit kleinen Hündchen in der Schürze, die hülflos und ängstlich über den Rand derselben blickten, während deren Mutter zärtlich und besorgt daneben stand und das Kind bei den Kleidern faßte, welches sich begütigend umblickte. „So einfach und doch so natürlich!" rief der junge Mann, der selbst Vater war. „Man sieht auf den ersten Blick, daß es nach dem Leben gearbeitet ist."

Palissy seufzte. „Es ist nach einer Skizze von meiner ältesten Tochter", sagte er, „als sie eines Tages zu mir nach dem Gartenhäuschen kam, die eben angekommenen kleinen Hündchen in der Schürze, um sie mir zu zeigen. Ach! es war beinahe das letzte Mal, daß ihre unschuldige Fröhlichkeit mein Herz erfreute, gleich nachher wurde sie krank." „Beinahe Meister Bernard, beneide ich euch um die Macht, eure Erinnerung an vergangene Freuden in dieser Weise zu verewigen. Ich möchte lieber ein großer Künstler als ein siegreicher Krieger sein." Und mit diesen Worten entfernte sich Seigneur de Burie endlich.

Als die beiden Freunde wieder allein waren,

nahmen sie ihr Gespräch wieder auf und Palissy erzählte mit großer Umständlichkeit die Geschichte ihrer
geliebten Kirche, jetzt eine blühende Gemeinde. „Aus
dem Kleinsten sind tausend geworden," sprach er.
„In verhältnißmäßig kurzer Zeit haben wir große
Fortschritte gemacht. Als unser erster Prediger de
la Place noch bei uns war, befanden wir uns in
einer betrübten Lage, denn wir hatten wohl den
guten Willen, leider aber nicht die Mittel Prediger
zu unterstützen, so daß in der Zeit, als wir ihn hatten,
er zum Theil auf Kosten der Landleute lebte, die ihn
häufig zu sich einluden. Als er nach Allevert zog,
folgte ihm de la Boissière im Amt, den wir gegenwärtig noch haben. Eine lange Zeit hindurch schlossen
sich nur sehr wenig Wohlhabende unserer Gemeinde
an, daher fehlten uns sehr oft die Mittel zu seinem
Unterhalt, weshalb er sich häufig mit etwas Gemüse
und Obst und einem Trunk klaren Wassers begnügen
mußte. Dennoch waren wir nicht verlassen, noch
fehlte es uns an Beweisen von Gottes Gnade und
Schutz; denn ungeachtet der Feindschaft derer, die
die Sache Gottes zu unterdrücken trachteten, wider-
fuhr uns kein Böses, denn Gott hielt sie im Zaum
und bewahrte Seine Kirche. Er richtete in unserer
Stadt ein wunderbares Werk aus, nämlich es waren
zwei unserer vornehmsten Widersacher nach Toulouse

geschickt werden, die es unter keiner Bedingung zu-
gegeben haben würden, daß wir unsern Gottesdienst
öffentlich hielten, da gefiel es Gott, daß sie in jener
Stadt zwei Jahre oder darüber aufgehalten wurden,
damit sie unserer Kirche keinen Schaden zufügen
konnten und wir uns während dieser Zeit öffentlich
dazu bekennen durften?" „Ihr seid denn jetzt also so
gekräftigt, daß ihr es wagen dürft, öffentlich Euren
Glauben zu bekennen?" „Ja, die Abwesenheit dieser
beiden Widersacher machte uns Muth, so daß wir
die Kühnheit hatten, die Markthalle zu unsern Versammlungen auszuersehen. Und jetzt, da sie zurückgekehrt sind und uns gewiß noch ebenso gerne quälen
und verfolgen möchten, als zuvor, haben sich die
Dinge so geändert, daß ihre bösen Absichten ver-
eitelt und sie es nicht wagen dürfen, öffentlich ein
Werk anzufeinden, welches sich so wohl bewährte,
daß es das ganze Aussehen der Stadt verändert hat."

- - - - - -

4. Kapitel.

„Groß sind die Werke des Herrn; wer ihrer
achtet, der hat eitel Lust daran. Psalm 111, 2.

Palissy hatte nicht übertrieben, als er behauptete, der Einfluß der reformirten Kirche in Saintes
habe das ganze Aussehen der Stadt verändert. Wenn-

gleich nur von kurzer Dauer, war ihre Blüthezeit
doch glänzend und glückselig, und er stand in vor-
derster Reihe unter ihren entschlossenen und fried-
lichen Beförderern. Das Bild, welches er von ihr
entwirft, ist gar lieblich: „In jenen Tagen," erzählt er, „konntest du Sonntags die Männer auf
den Fluren, in den Hainen und an andern Orten
sehen, wo sie zusammen Psalme und geistliche Lieder
sangen, vorlasen und einander erbauten. Auch die
Frauen und Jungfrauen sahst du in Gärten und an
schattigen Orten in Gruppen beisammen, wo sie sich
in gleicher Weise unterhielten und heilige Weisen
sangen. Die Lehrer hatten die Jugend so wohl unterrichtet und der fromme Sinn hatte so zugenommen,
daß die Leute ihre alten Gewohnheiten änderten, ja
sogar der Ausdruck ihrer Gesichter war ganz und
gar verändert."

Er versichert uns ferner, daß es sich nicht blos
um Psalmensingen und Beten handelte. Die Ver-
änderung war ernst, durchgreifend und nutzbringend.
Streitigkeiten, Mißhelligkeit und aller Groll wurden
ausgeglichen und ausgesöhnt, unanständiges Betragen und Völlerei unterdrückt, und das ging so
weit, daß „selbst der Magistrat sich herbeiließ, man-
cherlei Unsitte, worüber er Macht hatte, zu beseitigen." Den Schenkwirthen wurde verboten, in ihrem

Hause Glückspiele zu dulden und Familienväter zu
bewirthen, deren Schuldigkeit es war, bei ihrer Familie zu bleiben und nicht ihr Geld anderswo mit
Essen und Trinken zu verzehren. Selbst die Feinde
der Kirche wurden, zu ihrem eigenen großen Leid-
wesen, gezwungen, mit Achtung von den Predigern
und insbesondere von Pastor de la Boissière zu
sprechen, der, wie es scheint die allgemeine Hochach-
tung und Verehrung durch seine verständige und
männliche Frömmigkeit sowohl, als seine seelsorge-
rische Thätigkeit sich erworben hatte. Die Widersacher des Evangeliums waren auf diese Weise gänzlich zum Schweigen gebracht und man nahm seine
Zuflucht zu einer Art von Gegenwirkung in Form
einer Reformation der römisch-katholischen Kirche.
Man ging darin so weit, „daß,“ wie Palissy erzählt,
„einige der Priester anfingen, die Versammlungen
zu besuchen, um sich zu belehren und bei der Gemeinde sich Raths zu erholen.“ In der That war
es Zeit, daß sie auf ihrer Hut waren, denn die
Mönche und die Priesterschaft wurden allgemein
getadelt, vornehmlich durch Solche, die sich um die
Religion wenig kümmerten, aber stets bereit waren
auf diese ungetreuen, faulen Hirten einen Stein zu
werfen. „Warum ermahnt und erbaut ihr nicht
eure Pfarrkinder, wie diese Prediger thun?“ fragten

sie, „ihr werdet doch für's Predigen bezahlt." Diese Neckereien kamen dem Oberhirten des Sprengels zu Ohren, es wurden demgemäß Maßregeln ergriffen und die schlauesten Mönche für den Dienst der Hauptkirche ausersehen. „So geschah es, daß in jener Zeit in der Stadt Saintes jeden Tag Gottesdienst war, entweder von Seiten der einen, oder der andern Partei." Allein dies Ding verdroß die Priester mehr, als irgend ein anderes, und was ihnen sehr sonderbar vorkam, war dies, daß verschiedene arme Dorfbewohner sich weigerten, den Zehnten zu bezahlen, wenn ihnen nicht Prediger gesandt würden. Es war allerdings, wie Palissy sagt, sonderbar anzusehen, wenn Pächter, die eben keine Freunde der Religion waren, unter diesen Umständen selbst zu den Predigern gingen und dieselben baten, herzukommen und das Volk in dem Distrikt, den sie gepachtet, zu ermahnen, damit sie doch ihren Zehnten bekämen, denn die Bauern weigerten sich, unter einer andern Bedingung das Korn und die Früchte zu liefern. Kurz und gut, die kleine Gemeinde war so wohl gediehen, daß die Bösen sich gezwungen sahen, gut zu werden, oder wenigstens doch so zu scheinen.

Wie lieblich ist es, sich zu denken, wie jetzt Bernard den Frieden und das Glück, welches ihn umgiebt, genießt, sich freut über das fromme, christliche

Aussehen der Stadt, häufig kleine Reisen macht nach
Ecouen und andern Orten, wie sein Geschäft es er-
heischt, dann wieder zurückkehrt und voll erhebender
Gedanken wieder durch Berg, Wald und Flur wandert, die er so sehr lieb gewonnen. Er hatte nun so
viele Gönner, daß er hätte reich werden können, wenn
er nicht mit dem ihm eigenen Eifer und Ausdauer,
Zeit, Arbeit und Geld auf die Vervollkommnung
und Ausbreitung seiner Kunst verwandt hätte. Jetzt
hatte er auch Muße genug, seine Untersuchungen
als Naturforscher wieder aufzunehmen, wofür er
eine so außerordentliche Neigung hatte. Mit über-
raschendem und wunderbarem Scharfsinn löste er
einige Streitfragen, welche die größten Forscher un-
gelöst gelassen, und mit seiner Liebe zur Natur war
stets eine warme ungekünstelte Frömmigkeit v er-
bunden. Die glänzende Fröhlichkeit seiner frommen
Seele war wie ein strahlendes Licht, welches seinen
Pfad erleuchtete und fortwährend erhellte.

Wie geschickt er sich alle Wege, seine Kenntniß
zu erweitern, zu Nutze machte und wie gut er seinen
scharfen Verstand zu verwerthen wußte, ersehen wir
aus einer kleinen Begebenheit, die er selbst erzählt
hat. Es begab sich eines Tages, daß ihn Frau
de la Pons besuchte, für die er einen Auftrag aus-
zuführen hatte, für welchen die Dame natürlicher

Weise ein echt weibliches Interesse fühlte. Sie hatte nämlich ein vollständiges Eßgeschirr bestellt, verziert mit seinen beliebten „Bildern aus der Natur." Das Werk ging gut von Statten, es waren nur noch wenige Schüsseln zu vollenden und sie war hergekommen, um die Sachen zu besehen. „Diese Schüssel ist reizend," sagte die Frau, „der Grund mit Meerpflanzen und Korallen bedeckt, während die Fische mit ausgebreiteten Flossen durchs Wasser schießen. Wirklich man könnte sich fast einbilden, das leise Zittern des Schwanzes, dem Steuerruder dieses lebendigen Schiffes so ähnlich, zu sehen. Auch der Krebs, diese Wasserspinne, streckt seine Scheeren aus, als wolle er die Klippe greifen, um sich in den Ritzen derselben zu verbergen." „Und sieh diese einmal an, Mamma," rief die Tochter, die sie begleitete, „diese ist für die Süßwasserfische. Betrachte einmal die Ränder, mit dem feuchten Moos gesäumt und die Seiten mit den breiten Blättern von Pflanzen. Es ist die Welt unter dem Wasser, mit all den Blättern, Stengeln, Blumen und den Wasserthierchen der Sümpfe darin, aus Thon so naturgetreu geformt und so herrlich von Farbe, als ob eine Magd einen Teller in den Bach getaucht und bis an den Rand voll von Pflanzen, Muscheln und Wasserthierchen geschöpft hätte." „Es ist bewunderns-

würdig," antwortete die Mutter. Palissy's Augen leuchteten bei dem süßen Lobe.

„Welch sonderbare Muschel ist das!" rief die Frau, indem sie eine solche aufhob, wonach Palissy eben modellirte. „Die kommt von der Küste von Oleron," antwortete der Künstler, „auf jenem Tische dort liegen noch viel mehr," und er deutete mit dem Finger auf einen Tisch der mit einer Menge ähnlicher Muscheln bedeckt war. „Ich habe eine Anzahl Frauen und Mädchen gemiethet, die zwischen den Klippen darnach suchen. Von diesen Muscheln muß ich Euch etwas Besonderes erzählen. Ein oder zwei Tage nachdem mir dieselben gebracht waren, besuchte ich zufällig den Advokaten Babard, der wie Ihr wißt, wegen seiner Liebe für Künste und Wissenschaften berühmt ist. Unser Gespräch lenkte sich auf Dinge aus der Naturgeschichte und er zeigte mir zwei Muscheln, genau so wie diese, — eine Strahlmuschel,*) die aber ganz massiv war und behauptete, diese Muschel sei von Menschenhand geschnitzt, und war ganz erstaunt, als ich dagegen behauptete, daß sie natürlich sei. Seitdem habe ich eine Anzahl solcher in Stein verwandelter Muscheln gesammelt. „Ihr setzt mich in Erstaunen"

---

*) Radiolith.

sagte seine aufmerksame Zuhörerin, „ich war näm=
lich vor einigen Jahren auch nicht wenig erstaunt,
als ich zufällig zwischen Klippen Steine fand, die
wie ein Widderhorn geformt waren, jedoch nicht so
lang und gewunden, indeß wie gewöhnlich gekrümmt
und wohl einen halben Fuß lang." „Eure Beschrei=
bung, Madame, interessirt mich ungemein, denn ich
selbst habe einen Stein, wie Ihr beschreibt, nicht
allein gesehen, sondern im Besitz, den mir eines
Tages Pierre Gueh, Bürger und Vogt der Stadt
Saintes, gebracht hat. Er fand auf seinem Landgut
einen Stein dieser Art, der halb geöffnet war und
zackige Einschnitte hatte, die ganz genau in einander
paßten. Da er wußte, wie sehr ich mich für solche
Dinge interessire, schenkte er mir das Ding, was
mir große Freude machte, denn ich hatte, wenn ich
zwischen den Klippen hier in unserer Nachbarschaft
spazieren ging, ähnliche Steine bemerkt, die meine
Neugier erregten und von jener Zeit an bin ich zu
der Ueberzeugung gelangt, daß diese Steine ehemals
Muscheln gewesen sind, das Schalthier aber, wel=
ches dieselben bewohnte, sehen wir heutiges Tages
nicht mehr." Er zeigte seinen Besucherinnen alsdann
die Abbildung eines Felsens in den Ardennen, nahe
bei dem Dorfe Sédan, auf welcher sich die Zeich=
nung aller Muschelarten befand, die in diesem Fel=
a enthalten sind.

„Die Bewohner jener Gegend" fuhr er fort, „sprengen täglich Bausteine aus diesem Felsen, bei welcher Gelegenheit sie sowohl im untersten als im obersten Theil Muscheln finden, die in dem härtesten Gestein eingeschlossen sind. Ich weiß gewiß, daß ich eine gesehen habe, die sechszehn Zoll im Durchmesser hielt. Daraus schließe ich, daß das Gebirge wozu dieser Fels gehört und welches voll aller Arten von Muscheln ist, früher Meeresgrund gewesen ist, in welchem Schalthiere lebten."

„Ihr sprecht, als wenn die Steine wüchsen, oder mit der Zeit gebildet würden," erwiderte die Dame, „da wir doch wissen, daß Gott am Anfang Himmel und Erde schuf. Er schuf auch die Steine und nach jener Zeit sind keine mehr geschaffen, denn alle Dinge sind am Anfang der Welt vollendet worden." *)

---

*) Dreiundsechszig Jahre hernach wurden diese Ansichten Palissy's in Betreff der Steine, von drei Gelehrten (Einer davon war ein Einwohner von Saintes) in einer öffentlichen Verhandlung vorgetragen. Die theologische Facultät in Paris protestirte gegen diese Lehren, als nicht der Schrift gemäß. Die Bücher darüber wurden zerstört und die Verfasser derselben aus Paris ausgewiesen und ihnen verboten, in Städten zu wohnen oder öffentliche Versammlungen zu besuchen. Nur die geringschätzende Vernachläßigung womit Palissy behandelt wurde, schützte ihn vor einem ähnlichen Schicksal.

„Es steht freilich im ersten Buche Moses geschrieben, daß Gott alle Dinge in sechs Tagen schuf
und am siebenten Tage ruhete. Allein, trotz alledem
schuf Gott diese Dinge nicht, damit sie beständig
ruhen sollten. Daher· erfüllt ein Jedes seine Bestimmung, die demselben von Ihm verordnet worden ist. Die Fixsterne und Planeten ruhen nicht.
Das Meer wandert von einer Stelle zur andern
und arbeitet daran, daß es nützliche Dinge hervor-
bringe. Die Erde ruht ebenfalls nimmer; dasjenige,
was nach dem natürlichen Lauf der Dinge, auf ihr
in Staub zerfällt, bildet sie von Neuem wieder,
wenn nicht in derselben Gestalt, so erneuert sie es
in einer andern. Es ist gewiß, daß wenn seit der
Erschaffung der Welt, keine Steine auf Erden ge-
wachsen wären, es schwer halten würde, jetzt noch
einen zu finden, denn sie befinden sich beständig in
der Auflösung, oder werden durch Frost, Hitze und
eine unzählige Menge anderer Einwirkungen in
Staub verwandelt, und täglich werden Steine zerstört, verbraucht und wieder zu Erde gemacht.“
„Ihr erzählt uns schreckliche Dinge, die kaum be-
greiflich sind, Meister Bernard,“ antwortete Frau
Pons, „doch im höchsten Grade interessant für Jeden, der Gefallen daran findet, die Werke der
Schöpfung zu beobachten und der gerne lernen möchte,

dieselbe mit Verstand sowohl als Bewunderung zu
betrachten." Palissy hielt mit seiner Arbeit inne,
denn während er sprach, hatte er wieder angefangen
zu zeichnen und einen neben ihm stehenden Kasten
öffnend, zeigte er den Damen verschiedene Arten
von Versteinerungen und Mineralien, die er bei
seinen Untersuchungen gesammelt; denn mit dem
Scharfsinn eines echten Naturforschers hatte er die
Bedeutung einer eingehenden Erforschung und Prü=
fung der Versteinerungen für die Erkenntniß der
Gesetze der Erdbildung bald entdeckt, und mit Recht
kann man behaupten, daß der Erste, der darüber
Nachforschungen anstellte, (worauf ohne allen Zwei=
fel die großartigsten Entdeckungen neuerer Zeit auf
dem Gebiete der Erdbildungskunde sich stützen)
Palissy, der Töpfer war, der sich selbst in der
Schule der Natur bildete. „Ich bin willens ge=
wesen", sagte er, „die Versteinerungen von Muscheln
und Fischen, die ich gefunden habe, genau abzubilden,
um den Unterschied zwischen ihnen und denjenigen,
die gegenwärtig bei uns gewöhnlich sind, zu zeigen,
allein meine Zeit wollte mir nicht erlauben, mein
Vorhaben in Ausführung zu bringen. Ich habe
seit einigen Jahren gesucht, so viele Versteinerungen
als möglich zu sammeln, bis ich zuletzt mehr Arten
von Fischen und Muscheln versteinert auf dem festen

8*

Lande gefunden habe, als wie gegenwärtig im Ocean leben." Er zeigte ihnen alsdann ein sehr kleines Exemplar, welches er sie ersuchte, recht genau zu betrachten. „Was kann das sein?" fragten sie, „es sieht einem Stückchen Holz ähnlicher, als jedem andern Dinge". „Sie werden sich wundern, wenn ich Ihnen sage, daß es in der That ein zu Stein gewordenes Stück Holz ist. Dasselbe kam durch die Freundlichkeit des Seigneur de la Mothe, dem Secretair des Königs von Navarra, in meinen Besitz, ein wißbegieriger Mann und Liebhaber von Seltenheiten. Er befand sich einmal bei Hofe in Gegenwart des verstorbenen Königs von Navarra, als diesem Fürsten ein Stück versteinertes Holz gebracht wurde. Man hielt dasselbe für etwas so Rares, daß der König dem Schatzmeister befahl, dasselbe mit den andern Schätzen zu verschließen.

„De la Mothe benutzte die Gelegenheit, den Herrn, der diesen Auftrag erhalten, um ein kleines Stückchen zu bitten, welches er denn auch erhielt und als er einige Zeit später durch Saintes kam, brachte er den Schatz mir, und da er sah, wie sehr ich mich darüber freute und dafür interessirte, machte er mir ein Geschent damit. Seitdem habe ich mich genauer erkundigt und in Erfahrung gebracht, daß dasselbe aus dem Walde von Jayan,

einer sumpfigen Gegend, stammt. Es scheint mir,
oder vielmehr ich bin überzeugt, daß ganz in derselben Weise, als die Muscheln in Stein verwandelt
worden sind, so auch das Holz verwandelt wurde,
und in der Versteinerung ganz das Aussehen und
die Form von Holz bewahrt hat, gleichwie die Muscheln auch. Aus diesen Dingen sehen Sie, daß die
Natur nicht so bald die Zerstörung durch irgend ein
Naturgesetz zugiebt, als sie auch schon ein anderes
bei der Hand hat, wodurch sie auf's Neue schafft,
und das ist es, was ich vorhin damit sagen wollte:
— die Erde und die übrigen Elemente ruhen nie."
— „Wo könnt Ihr alles dieses nur gelernt haben?"
fragte die junge Dame mit kindlichem Erstaunen,
„ich möchte gern wissen, welche Schule Ihr besucht
habt, wo euch alle diese Dinge, die Ihr uns erzählt,
gelehrt wurden". „Die Wahrheit zu sagen, Fräu-
lein", antwortete Palissy, „ich habe keine andere
Lehrer gehabt, als den Himmel und die Erde, die
einem Jeden zum Lesen und Erkennen gegeben sind.
Nachdem ich darin gelesen hatte, dachte ich über die
Dinge auf der Erde nach, weil ich keine Gelegenheit gehabt habe, die Himmelskunde zu studiren
und den Lauf der Sterne zu erforschen."

5. Kapitel.

Denn es wird allenthalben voll Gottloser, wo
solche lose Leute unter den Menschen herrschen.
Psalm 12, 9.

Also glücklich mit Arbeiten beschäftigt, die er
liebte, unbetheiligt bei den Unruhen damaliger Zeit,
gedieh Palissy immer mehr und verfolgte fröhlich
seinen Weg. Freilich konnte er bei den Begebenheiten,
die sich rund um ihn her zutrugen, nicht ein gleich-
gültiger Zuschauer sein. Da er offene Augen hatte,
ist nicht daran zu zweifeln, daß er die Wolken, die
sich über seinem Vaterlande sammelten, sah, und von
Zeit zu Zeit hörte er das Grollen des Donners, der
bald darauf mit einem fürchterlichen Ungewitter los-
zubrechen drohte. Für eine Zeitlang war indeß der
Unglückstag noch verschoben und noch erfreuten die
frommen Lieder der fröhlichen Hugenotten sein Herz.
Wir haben schon hinreichende Beweise dafür gehabt,
daß er seinen Tadel gegen Solche, welche die Ein-
künfte der Kirche verzehrten, aber in der Erfüllung
ihrer Pflichten lässig waren, nicht zurückhielt. Auch
blieb er dabei nicht stehen und da sein Tadel große
Dinge so wenig als kleine verschonte, so richtete sich
derselbe manchmal gegen Solche, die das Urtheil
seines gesunden Sinnes nicht gut vertragen konnten,
das er so ohne alle Umstände über sie fällte. Seine

Bemerkungen über die Thorheiten und Laster seiner Nächsten waren zu treffend, als daß sie nicht gefühlt werden mußten. Er erzählt in seiner lebendigen Weise, daß er bei einer gewissen Gelegenheit mit einer hochgestellten Dame über die Abgeschmacktheit und Unschicklichkeit der weiblichen Kleidung stritt, allein, „nachdem ich ihr darüber meine Meinung gesagt hatte" fügt er gelassen hinzu, „nannte mich die alberne Frau, anstatt mir zu danken, einen Hugenotten; als ich das hörte, ging ich von ihr weg". Ein anderes Mal, erzählt er, als er sich in der Nähe der Stadt Rochelle auf Besuch befand, gerieth er mit einem Krämer in ernstlichen Streit, welchen er fragte, was er unter seinen Pfeffer gemengt habe, das es ihm möglich mache, denselben, der ihm selbst am Platze fünf und dreißig Sous koste, auf dem Markt zu Niord zu siebenzehn Sous verkaufen zu können. Als der Mann sich mit seiner Armuth entschuldigte, erwiderte Bernard ihm, daß er durch solche verbrecherische Handlungsweise schwere Strafen auf sich herabzöge „und ohne Zweifel", sagte er, „könnt ihr es doch eher ertragen, arm zu sein, als verdammt." Dies waren harte, wenngleich gutgemeinte Worte, die gänzlich ohne Eindruck auf diesen „armen Thoren" blieben, „der ihm erklärte, er wolle nicht arm sein, es komme, was da wolle".

Offen heraus zu sprechen war offenbar ein Cha-
racterzug von Palissy, der seinen Tadel aussprach,
ohne die Folgen davon zu berechnen. Dieselbe Ei-
genthümlichkeit und Urtheilskraft, die ihm in seiner
Kunst so viele Gönner und Freunde verschaffte,
diente ohne Zweifel auch dazu, wenn in einer andern
Richtung angewandt, seine Feinde um ihn her zu
vermehren, und es dauerte nicht lange, da kam auch
ihre Zeit.

Vergnügt und schnell flohen die Jahre des
Glücks dahin, allein (wie wir bereits gesehen haben),
am Himmel sammelten sich die Wolken, und bald
wurde die gräßliche Kriegsfurie losgelassen und
fürchterlich waren die Folgen. Zwei große Parteien hatten in ihren Streit das ganze französische
Volk mit hineingezogen. Die eine Partei, wozu
alle Hugenotten gehörten, wurde von dem alten
französischen hohen Adel angeführt, während die
Führer der andern, die alle Römisch-Katholischen
umfaßte, die G u i s e n waren. Diese sich gegenüber-
stehenden Parteien, mit ihrem heftigen, unversöhn-
lichen Haß, stürzten unaufhaltsam in einen wilden,
blutigen Kampf. Einer der jungen Söhne von
Catharine von Medici, nachdem er einige Monate
lang dem Namen nach König gewesen, war gestor-
ben, und ein Kind, nicht älter als zehn Jahr, Karl IX.

genannt, war ihm auf den Thron gefolgt. Die
Königin Mutter, als Regentin für ihren Sohn, be=
mühte sich, so viel als möglich, es mit keiner der
beiden Parteien zu verderben, sondern dieselben
derart im Gleichgewicht zu erhalten, daß die wirk=
liche Macht in ihren Händen verblieb. Eine kurze
Zeit lang ruhte der Streit und eine Versöhnung
wurde versucht. Catharinens Politik war die Er=
haltung des Friedens und sie gab den Hugenotten
gute Worte und verstellte sich so wohl und mit gro=
ßem Erfolg, daß sie sogar von denen von der katho=
lischen Partei angeschuldigt wurde, daß sie in ihrem
Herzen der neuen Secte angehöre. Die Reformir=
ten schöpften daraus Muth und waren voll Eifer
und Hoffnung; diese Stimmung verbreitete sich in
die Provinzen und erregte überall die Hoffnung, daß
der Sieg des reformirten Bekenntnisses nahe herbei
gekommen sei. Es war aber nur ein vorübergehen=
der Hoffnungsschimmer, alsbald von einem Dunkel
verdrängt, das sich zuletzt bis zur Finsterniß der
schwarzen Bartholomäusnacht verdichtete. Vergeb=
lich thaten die Königin und der Kanzler be l'Hôpital
was sie vermochten, den Frieden durch Unterredung
und Duldung bezweckende Verordnungen zu erhalten.
Die Guisen schürten wüthend das Feuer der Unzu=
friedenheit und trafen eifrig Vorbereitungen zum

Kampfe. Endlich wurde das erste Zeichen zum Aus-
bruche des Bürgerkrieges gegeben.

In der Champagne war eine kleine befestigte
Stadt gelegen, Vaffy genannt, mit ungefähr drei-
tausend Einwohnern, wovon ein Drittel, die um-
liegenden Dörfer nicht gerechnet, sich zur reformirten Lehre bekannten. Es geschah am 28. Februar
1562, daß der Herzog von Guise, auf der Reise nach
Paris, begleitet von seinem Vetter, dem Cardinal
von Lorraine, einigen Edelleuten, und einem Gefolge
von einigen hundert Reitern, das Schloß Joinville
besuchte, welches in der Nähe lag und der Familie
Lorraines gehörte.

Die Herrin des Schlosses war eine ganz alte
Dame, die verwittwete Gräfin von Guise, deren
Anhänglichkeit an den Glauben ihrer Ahnen schon
den bloßen Namen Hugenot für sie zu einer Belei-
digung machte. Ueber die Kühnheit der Bewohner
von Vaffy war sie bis auf's Aeußerste aufgebracht,
die, wie sie erklärte, als Unterthanen ihrer Enkelin
Marie Stuart, gar kein Recht hätten, ohne ihre Erlaubniß eine neue Religion anzunehmen. Oft hatte
sie dieselben schon mit ihrer Rache gedroht, und jetzt
war die Zeit dafür gekommen. Die alte Frau trieb
ihren Sohn, den bösen Grafen Francis an, an diesen
unverschämten Bauern ein abschreckendes Beispiel

zu geben. Während er noch ihren aufreizenden Reden zuhörte, that er einen schweren Fluch und kaute auf seinem Bart, was seine Gewohnheit war, wenn er in heftigen Zorn gerieth.

Am andern Morgen, als er seine Reise fortsetzte, kam er bei einem Dorfe, nicht weit von der widerspenstigen Stadt an, und der Morgenwind, der den Hügel heraufwehte, trug seinem Ohr das Läuten von Kirchenglocken entgegen. „Was bedeutet jener Lärm?" fragte er einen seiner Diener. „Es ist der Morgengottesdienst der Hugenotten," war die Antwort. Es war wirklich Sonntag und die Reformirten, bis zur Anzahl von einigen Hunderten versammelt, verrichteten in einer Scheune ihren Gottesdienst, unter dem Schutze eines erst kürzlich erlassenen Gesetzes. Keine Gefahr ahnend, war unter ihnen auch nicht ein Mann bewaffnet, ausgenommen zehn Fremde, wahrscheinlich Edelleute, diese trugen Schwerter.

Plötzlich nahte sich ein Haufe von des Herzogs Reisigen dem Ort mit dem Geschrei: „Ketzerhunde! Rebellische Hugenotten! Haut sie nieder!" Die erste Person, woran sie Hand legten, war ein armer Weinverkäufer. „An wen glaubst du?" schrieen sie ihn an. „Ich glaube an Jesum Christum", war die Antwort, und mit einem Lanzenstoß wurde er zu

Boden gestreckt. Noch zwei Andere wurden an der
Thür ermordet und augenblicklich brach ein allge=
meiner Tumult los. Der Herzog, der bei dem
Waffenlärm herbeieilte, wurde von einem Stein ge=
troffen, so daß er blutete. Sogleich verdoppelte sich
die Wuth seiner Begleiter und sein eigener Zorn
kannte keine Grenzen mehr. Ein schreckliches Ge=
metzel folgte; Männer, Weiber und Kinder wurden
ohne Unterschied angegriffen und Sechszig wurden
in der Scheune und auf der Straße erschlagen,
während mehr als Zweihundert schrecklich verwun=
det wurden.

Der Prediger, Leonhard Morel, kniete bei dem
ersten Lärm auf der Kanzel nieder und rief Gottes
Beistand an. Man feuerte auf ihn und er versuchte
dann zu entfliehen, indeß als er sich der Thüre
näherte, fiel er über einen Leichnam und erhielt
zwei Säbelhiebe in die Schulter und in den Kopf.
Da er sich tödtlich verwundet glaubte, rief er:
„Herr, in Deine Hände befehle ich meinen Geist,
denn Du hast mich erlöset". Er wurde gefangen
genommen, und da er nicht gehen konnte, in die
Gegenwart des Herzogs getragen. „Hieher, Prie=
ster", rief dieser, „was erkühnst du dich, dieses Volk
zu verführen?" „Ich bin kein Verführer", ant=
wortete Morel, „sondern ich habe getreulich das

Evangelium von Jesu Christo gepredigt". „Predigt das Evangelium Aufruhr?" rief de Guise mit seinem gewohnten gotteslästerlichen Fluch; „du bist Schuld an dem Tode aller dieser Leute, und du selbst sollst sofort gehängt werden. Hier Profoß, errichte auf der Stelle einen Galgen für ihn!" Allein selbst unter diesem verwilderten Volk schien keiner gewillt zu sein, dem grausamen Befehl zu gehorchen, denn Keiner trat vor, den Henker abzugeben. Dieser Verzug rettete dem Gefangenen das Leben, der unter Bedeckung abgeführt wurde, gelegentlich aber doch entkam.

Das Jahr darauf, als der blutdürstige Herzog, von der Hand eines Meuchelmörders tödtlich getroffen, auf seinem Todtenbette lag, betheuerte er, daß er die Metzelei zu Vassy weder vorbedacht noch befohlen habe. Das mag wahr sein, allein seine Zustimmung im Augenblick des Ausbruchs desselben, steht außer allem Zweifel.

Die Nachricht von dieser grausamen Schlächterei machte einen gewaltigen Eindruck im ganzen Königreiche. Unter der Partei der Reformirten verursachte sie ein allgemeines Gefühl von Grauen und Schrecken. Sie war dem Kriegsgeschrei der Indianer zu vergleichen, das bei Beginn des Kampfes erschallt. Beide Parteien griffen zu den Waffen, nachdem jede eine feierliche Erklärung erlassen, welche das Verdienst ihrer eignen Sache auseinander setzen sollte. Der Prinz von Condé eilte nach Orleans, welches ihm gelang, zu besetzen, und dort errichtete das Kriegsheer der Hugenotten sein Hauptquartier. In jener Stadt versammelten sich die Fürsten und Herren, die sich zu Calvins Lehre bekannten, am 11. April 1562, und nachdem sie zusammen das heilige Abendmahl genossen, verbündeten sie sich, die zum Schutze der Reformirten erlassenen Verordnungen aufrecht zu erhalten und diejenigen zu züchtigen, welche die Gesetze gebrochen hatten. Sie schwuren einen feierlichen Eid, Gotteslästerung, Gewaltthätigkeit, überhaupt Alles, was in Gottes Geboten verboten ist, zu unterdrücken, gute, getreue Prediger anzustellen, um das Volk zu belehren, und schließlich gelobten sie, bei ihrer Hoffnung auf den Himmel, in dieser Sache ihre Pflicht zu thun.

Und nun begann das schreckliche Werk, und Aufruhr, Blutvergießen, Krieg und Elend herrschten aller Orten. In jeglicher Stadt in Frankreich tobte der Kampf der Parteien. „Es war ein großartiges und fürchterliches Ringen, Provinz gegen Provinz, Stadt gegen Stadt, Straße gegen Straße, Haus gegen Haus, Mann gegen Mann", sagt ein neuerer Geschichtschreiber. „Glaubenswuth hatte Frankreich zum Cannibalenland gemacht, und die

düsterste Einbildungskraft würde zu schwach sein,
alle die Gräuel zu fassen, die damals verübt worden."

Wir haben es mit der Stadt Saintes zu thun.
Es gab nur wenige Gegenden, in welchen die Hugenotten so zahlreich waren, und wo sie sich so außerordentlich schnell vermehrt hatten, als in Saintogne.
Nirgends waren die Leidenschaften heftiger entbrannt,
kein Platz schlimmer von den Füßen der Streitenden
zertreten; viele der wüthendsten Kämpfe zur Zeit
der Religionskriege, wurden eben dort ausgekämpft.
Auf eine Einladung des Herzogs de la Rochefoucault
versammelten sich alle protestantischen Anführer
aus der Gegend zu Angoulême und begaben sich von
dort aus, unter seiner Führung nach Orleans, um
sich mit seinem Schwager, dem Prinzen Condé, zu
vereinigen. Nach dem Abmarsch dieser Streitkräfte
blieben die verschiedenen Städte in der Nachbarschaft,
als Angoulême, Saintes, Pons und andere zwar im
Besitz der Huegnotten, allein ohne Vertheidiger, da
beinahe alle Reformirten, welche die Waffen tragen
konnten, dem de la Rochefoucault gefolgt waren,
„insbesondere", so versichert man uns, „diejenigen
aus Saintes". Folglich war die Stadt, von allen
Kriegern entblößt, für den Feind eine leichte Beute,
und fiel nach kurzer Zeit in die Hände eines feind-
lichen Anführers, Namens Nogeret, der zufolge einer
Verordnung aus Bordeaux, welche alle Reformirte

ohne Richterspruch seiner Gnade überlieferte, alle
diejenigen, die in der Stadt zurückgeblieben waren,
mit großer Strenge behandelte. Unter denen, die
auf solche Weise in die Gewalt dieser Ungläubigen
gegeben waren, befand sich auch Palissy. In wenigen, aber kräftigen Worten hat er die Schrecken
jener fürchterlichen Zeit beschrieben. „Es wurden
Thaten vollführt", sagt er, „daß die bloße Erinnerung daran mich mit Grauen erfüllt. Diesen abscheulichen verdammungswürdigen Scenen aus dem
Wege zu gehen, hatte ich mich in die innersten Ge-
mächer meines Hauses zurückgezogen und dort, während eines Zeitraums von zwei Monaten, wurde ich
stündlich daran gemahnt, daß die Hölle losgelassen,
und die Teufel und bösen Geister in die Stadt
Saintes eingedrungen seien. Denn wo ich noch
kurze Zeit vorher Psalmen, fromme Lieder und er-
bauliche Reden gehört hatte, wurde jetzt mein Ohr
nur noch durch Gotteslästerungen, Flüche, Zank
und Streit, arge Worte und schmutzige, abscheuliche
Lieder beleidigt. Alle, die sich zur reformirten
Lehre bekannten, waren verschwunden, und unsere
Feinde gingen von Haus zu Haus zu rauben, stehlen,
prassen, lachen, spotten und sich mit unzüchtigen
Thaten und gotteslästerlichen Worten zu erlustigen,
und an Gott und Menschen sich zu versündigen".

9

Diese wahrheitsgetreue Schilderung von dem
Elend einer Stadt, die der Zügellosigkeit eines un=
bändigen Kriegsvolks anheim gefallen war, ist schreck=
lich, aber das ergreifendste Bild ist das, welches er
uns am Schluß seines Berichts über jene „bösen
Tage" vorführt: „Ich hörte zu jener Zeit nichts,
als Berichte über die abscheulichen Verbrechen,
welche Tag um Tag verübt wurden und von allen
Dingen, welche am meisten mein Innerstes ver=
wundeten, war das, daß eine Anzahl kleine Kinder
aus der Stadt sich täglich auf einem freien Platze
in der Nähe meines Verstecks, wo ich mich stets mit
Ausübung meiner Kunst beschäftigte, versammel=
ten, und indem sie sich in zwei Parteien theilten,
sich rauften und mit Steinen warfen, wobei sie
fluchten und lästerten, wie es die ruchlosesten Män=
ner nur vermögen, so daß noch jetzt, bei der bloßen
Erinnerung daran, mein Herz mit Grauen erfüllt
wird. Und das währte eine lange Zeit, während
weder die Väter noch Mütter sich darum bekümmer=
ten. Oft bin ich in Versuchung gewesen, mein Le=
ben daran zu wagen, und hinaus zu eilen, um sie
zu strafen, aber ich gedachte des 79. Psalms, der
also anhebt: „Herr, es sind Heiden in dein Erbe
gefallen."

6. Kapitel.

Ein Freund liebt allezeit, und ein Bruder
wird in der Noth erfunden.

Sprüche 17, 17.

Der Seigneur de Burie hatte nicht ohne ge-
nügenden Grund gesprochen, als er Palissy aufmerksam darauf machte, daß er unter den Würdenträgern
der katholischen Kirche in Saintes sich Feinde gemacht habe. Der Tadel, den er auszusprechen ge-
wagt hatte, war von den römischen Priestern nicht
vergessen worden, die sich mit solchem Eifer rührten,
daß nachdem die Stadt einige Zeit in der Gewalt
der katholischen Partei gewesen war, an den
ahnungslosen Töpfer gewaltsam Hand gelegt wurde.
Er hatte sich in seinem eigenen Hause für gesichert
gegen thätliche Angriffe gehalten, und das auch nicht
ohne Grund, da er unter dem Schutz eines Geleits-
briefes stand, den der Herzog von Montpensier ihm
gegeben, der den Behörden ausdrücklich untersagte,
irgend etwas gegen ihn oder sein Haus zu unternehmen. Gleichfalls war es beiden Parteien wohl
bekannt, daß das Haus, in welchem er für den
Connetable arbeitete, zum Theil auf Kosten dieses
Edelmannes erbaut worden war, und daß, bei Gelegenheit eines Ausbruchs von Unruhen in der
Stadt, der vor längerer Zeit stattgefunden hatte,

die Anführer der katholischen Partei, aus Achtung
vor seinem Gönner, es ausdrücklich verboten hatten,
Palissy in seiner Arbeit zu stören.

Jetzt aber waren die Dinge auf die Spitze getrieben und für das Werk der Bosheit und des
Aberglaubens schien ein günstiger Zeitpunkt gekommen zu sein. Palissy wurde ergriffen und gefangen gesetzt, und alsbald, nachdem er in Gewahr-
sam gebracht worden war, wurde seine Werkstatt
erbrochen und zum Theil dem Andrang des Pöbels
preisgegeben. Der Magistrat kam in seiner Versammlung sogar zu dem Entschluß, das Gebäude
niederzureißen, und würde seinen Entschluß auch
unfehlbar in Ausführung gebracht haben, wären
nicht Seigneur de Pons und seine Gemahlin augenblicklich dazwischen getreten. Diese bewährten
Freunde Bernard's verloren keine Zeit, dem Magistrat persönlich Vorstellungen zu machen, von dem
sie nicht ohne Schwierigkeiten das Versprechen er-
langten, die Ausführung ihres Beschlusses einstwei-
len auszusetzen. Ihn aus den Krallen seiner Feinde
zu befreien, ging aber nicht so leicht. Seine Widersacher waren in der That Niemand anders, als der
Dechant, und das ganze Capitel, die, wie er sagt,
seine schlimmsten Feinde waren, und ihn aus keinem
andern Grunde getödtet haben würden, als weil er

sich einmal frei über ihre Pflichtversäumnisse aus=
gesprochen hatte.

Sire de Pons war in Saintogne der Stellver=
treter des Königs und hatte somit die Rechtspflege
in Saintes zu beaufsichtigen, und folglich waren den
Richtern die Hände gebunden. Sie waren alle
aber „ein Leib und eine Seele“ mit den hochwür=
tigen Widersachern ihres Gefangenen und es leidet
auch nicht den leisesten Zweifel, daß sie ihn zum
Tode geführt haben würden, bevor an den Conne=
table hätte appellirt werden können.

„Das ist eine häßliche Geschichte“, sagte der
Dechant eines Tages zu seinen Amtsbrüdern, als
sie über die Einmischung des Sire de Pons sprachen.
„Offenbar können wir hier unsere Absichten nicht
durchführen, aber einmal in Bordeaux, würde dieser
widerspenstige Ketzer den Händen des Parlaments
überliefert werden. und alsdann könnte nur die
Dazwischenkunft des Königs ihn retten.“ „Es wird
nicht eher gut, als bis er stumm gemacht worden
ist“, war die Antwort, „und sonder Zweifel hat er
auch Unheil genug angestiftet. Denkt nur an die
Bauern auf unsern Gütern, die anfingen sich zu
weigern, den Zehnten zu entrichten an Solche, die
da nach ihrer Meinung ihn nicht verdient hatten.
Das kam von seiner ungezügelten Zunge. Sollten

wir uns in solcher Weise von einem frechen Handwerker spotten und trotzen lassen?" „Ei es ist nicht
nöthig, mich noch aufzureizen. Wäre er in unserer
Gewalt; . . . . allein die Frage ist die, wie die
Sache anfangen, um ihn sicher der Gerichtsbarkeit
dieser Leute zu entziehen, die sicherlich niemals dahin
zu bringen sein werden, daß sie ihn verurtheilen.
Da sind so viele reiche Leute ringsumher, die diesen
Schurken zum Verschönern ihrer Wohnungen gebrauchen, des Schlosses zu Econen gar nicht zu
gedenken und seine Geschicklichkeit als Töpfer hat
ihn so beliebt gemacht, daß er, so lange er in dieser
Gegend bleibt, geborgen ist". „Nach Bordeaux also
und das ohne Verzug. Warum nicht noch in dieser
Nacht? Bei Tage könnte die Geschichte ausgeplau-
dert werden und seine Freunde möchten ihm dann
zu Hülfe kommen; in der Nacht aber und auf
Seitenwegen kann er in aller Stille und ganz sicher
fortgeschafft werden und einmal in Bordeaux —". .
„Ihr habt Recht. Sogleich sollen Anstalten getroffen werden."

Unser Gefangene ließ sich wenig träumen, was
diejenigen, die ihn haßten, im Schilde führten. Er
hätte mit Leichtigkeit aus ihrem Bereich entfliehen
können, hätte er sich nicht für so sicher gehalten, daß
seine Gefangennahme ihm gänzlich unerwartet kam.

Es hätte ihm bei dieser Gelegenheit übel ergehen
können, wäre die wachsame, liebevolle Fürsorge sei=
nes alten Freundes Victor nicht gewesen. Durch
die Vermittlung derselben Personen, von denen er
die näheren Umstände bei Hamelin's letzten Stunden
erfuhr, erhielt er Zutritt in das Gefängniß, in wel=
chem Palissy saß und pflegte ihn dort mit der Zärt=
lichkeit eines Bruders. Durch seine Beihülfe wurden
zwischen dem Gefangenen und seinen Gönnern, die
Seigneurs de Burie und de Jarnac sowohl, als
mit dem Statthalter Nachrichten gewechselt. Alle
diese Herren gaben sich große Mühe und verwandten
sich bei dem Dechant und Domcapitel, denen sie
wiederholt vorstellten, daß kein anderer Mensch als
Palissy, M. de Montmorency's Werk vollenden
könne, und daß man die Ungnade Sr. Hoheit zu
fürchten haben würde, wenn einer Person, die unter
seinem besonderen Schutz stünde, ein Leides geschähe.
Wir haben gesehen, daß ihre Dazwischenkunft nur
dazu diente, sein Schicksal zu beschleunigen.

Victors Herz ahnte, daß man Böses gegen seinen
Freund im Schilde führte. Er war Zeuge des
schrecklichen Endes der beiden Seelenhirten von
Allevert und Gimosac gewesen und des späteren
Schicksals von Hamelin, und die schlimmsten Be=
fürchtungen ängstigten ihn. Er war unaufhörlich

auf der Hut, und wenn er das Gefängniß verlassen
mußte, und genöthigt war, Palissy allein zu lassen,
war es ihm nicht möglich, nach seinem eigenen
Hause zu gehen, und dort auszuruhen, sondern blieb
auf und abgehend in der Nähe des Gefängnisses,
und während dessen, ruhelos und aufgeregt, flehte
seine Seele in andächtigem Gebet um Beistand aus
der Höhe. O welch' ein Segen ist ein treuer Freund
in der Stunde der Noth! Welch' ein liebliches
Ding ist es doch um die himmlische Barmherzigkeit
— die Brüderlichkeit der Liebe in Jesu Christo! Ein
wahres Wort hat der große Rechtsgelehrte, Ger=
bellius, gesprochen: — „Nichts hasset der Teufel so
gründlich, als wahre Freundschaft", und was Wun=
der noch, da ja ein alter Prediger sagt: „sie macht
den Menschen seinem eignen, von Natur verderbten
Selbst so unähnlich". Allein so lange wir gute
Tage haben und mit günstigem Winde segeln, haben
wir keinen Prüfstein, die Wahrheit und den Werth
daran zu prüfen. Die rechte Zeit, um zu erkennen,
wer uns wahrhaft liebt, ist die Zeit, wenn uns
Trübsal befällt. Jegliche Art Trübsal und Elend
bestätigt dies und zeigt uns, welche Art Freundschaft
echt ist und von Herzen kommt. Das ist Eins des
Guten, welches die Trübsal hat, daß die Freundschaft
das süßeste Mittel dawider ist.

Am Nachmittage des Tages, an welchem
Paliffy's Entführung von Saintes beschlossen worden
war, befand Victor sich auf seinem gewöhnlichen
Posten bei seinem Freunde, der immer ganz ruhig
und ohne Furcht für seine Person blieb. „Sei
nicht so ängstlich", sprach er, um die Besorgniß
seines Freundes, die er nicht theilte, zu verscheuchen,
„auf alle Fälle bin ich gegen Schlimmeres geschützt,
da ja diese Richter nicht die Macht in Händen haben.
Freilich, Dank bin ich ihnen nicht schuldig; sie fürchten irgend etwas von ihren Pfründen zu verlieren,
folglich gehen sie mit meinen blutdürstigen Feinden
Hand in Hand. Es ist gewiß, daß ich das, was
mir zugestoßen ist, mir selbst beizumessen habe. Jesus Christus hat uns im siebenten Kapitel des
Evangelii Matthäi einen guten Rath hinterlassen,
indem Er sagt, wir sollen die Perlen nicht vor die
Säue werfen, damit sie dieselben nicht zertreten und
sich wenden und uns zerreißen. Wenn ich diesem
Rath gefolgt wäre, befände ich mich jetzt nicht in
solchen Leiden und in der Gewalt derer, die, wenn
sie auch die Macht nicht haben, ohne Zweifel doch
den Willen haben, mich wie einen Uebelthäter zu
verderben".

In diesem Augenblick trat der Gefangenwärter
ein und befahl einem Manne, welcher einen Kasten

trug, diesen in die Ecke der Zelle zu stellen. „Ihr
müßt nun bald fortgehen," sprach er, zu Victor ge=
wandt, „indeß", fuhr er mit einem Blick auf Palissy,
in welchem, wie es dem stets wachsamen Victor
vorkam, ein Schatten von Mitleid lag, fort, „ein
halbes Stündchen kann er noch bleiben, wenn Ihr
es wünscht. Ich habe ein Geschäft zu besorgen und
muß heute Abend frühe die Thüren schließen." Mit
diesen Worten ging er fort und drehte den Schlüssel im
Schlosse um. Victor würde seinen Verdacht, daß nicht
alles in Ordnung und etwas Schlimmes im Werke
sei, ausgesprochen haben, allein Bernard unterbrach
ihn mit einem Zeichen von Ungeduld und fing als=
bald ein Gespräch über Etwas an, welches, wie es
scheint, sein Trost im Kerker gewesen ist, und womit
er sich die langen Stunden verkürzt hat, die sonst
für einen so an Freiheit und Thätigkeit gewohnten
Mann, wie er, fürchterlich langweilig gewesen sein
würden. Er hätte seit einiger Zeit die Absicht gehabt,
ein kleines Buch herauszugeben, welches seine Be=
obachtungen, Ansichten über verschiedene Dinge —
kurz, seine Erfahrungen während der letzten Jahre
enthalten sollte. Auf dieses Vorhaben kam er jetzt
zurück. „Ich bin entschlossen," fing er an, „daß mein
Buch vier Gegenstände behandeln soll, nämlich
Landbau, Naturgeschichte, eine Anleitung zur An=

lage eines schönen Gartens (dem ich eine Geschichte
der Unruhen in Saintogne anzuhängen gedenke), und
schließlich Entwurf und Plan einer befestigten Stadt,
welche in diesen gefährlichen Zeiten als ein Zufluchtsort dienen könnte. Zu den beiden Ersteren habe ich
mir den Entwurf bereits im Kopfe zurecht gelegt
und die Sache mit dem Garten liegt mir eben jetzt
im Sinn. Du weißt ja recht gut, welche Freude eine
solche große, neue Schöpfung mir machen würde und
wie ich stets geneigt gewesen bin, mir einen solchen
Ruhesitz, als Zufluchtsort zu schaffen, wohin ich vor
der Gottlosigkeit und Bosheit der Welt fliehen und
Gott frei und ungehindert dienen könnte." „Gäbe
doch der Himmel, mein geliebter Freund, du wärest
daselbst sicher beherbergt," antwortete Victor, „aber
ich glaube, es ist blos ein lieblicher Traum." „Oft
ist es mir im Schlaf vorgekommen, ich sei damit beschäftigt," fuhr Bernard fort, „und noch vorige
Nacht ist es geschehen, als ich auf meinem Bette
lag und schlummerte, daß ich träumte, mein Garten
sei bereits ganz fertig und ich finge schon an, die
Früchte aus ihm zu genießen und mich darin zu erholen; und in meinem Traum geschah es, daß während ich die wunderbaren Werke betrachtete, welche
unser Herr und Vater der Natur befohlen hat, hervorzubringen, ich auf mein Angesicht niederfiel, den

Allmächtigen anzubeten, der solche Dinge zum Nutzen und zum Besten der Menschen geschaffen hat. Das gab mir dann Veranlassung über unsere erbärmliche Undankbarkeit und hartnäckige Gottlosigkeit nachzudenken, und je mehr und länger ich über diese Dinge nachdachte, desto mehr Achtung bekam ich vor der Kunst, das Land zu bauen, und ich sagte zu mir selbst, die Menschen seien thöricht, das Landleben zu verachten und die Arbeit des Feldes, was eben das Rechte vor Gott ist und dessen unsere Voreltern, mächtige Männer und Propheten sich nicht schämten, ja selbst die Heerden hüteten; —"

Das Gespräch wurde hier plötzlich durch die Rückkehr des Gefangenwärters unterbrochen, der ihnen ankündigte, daß die festgesetzte Zeit um sei. Victor nahm zögernd von Palissy Abschied, und wandte sich mit schwerem Herzen zu gehen. Nicht so bald war er auf der Straße angelangt, als auch seine Gedanken sich schon wieder dem zuwandten, was vorgegangen war und er hielt sich überzeugt, daß Schlimmes im Werke sei. Jener mitleidsvolle Blick des finstern Kerkermeisters, deutete nach seiner Meinung auf den Grund seiner Gefälligkeit gegen sie hin, als er den beiden Freunden erlaubte, noch einige Zeit beisammen zu bleiben, ehe sie sich trennen mußten. „Trennen!" rief Victor, sein Herz füllte

sich mit Schrecken, als seine Lippen unbewußt dieses
unglückliche Wort aussprachen — „trennen! sollte
es möglich sein, daß wir für immer getrennt wären?
Herr!" rief er in seinem Schmerz, „sei Du sein
Schirm und sein Schutz, stehe um ihn, als eine feu=
rige Mauer, Deinen Knecht zu bewahren und in der
Stunde der Prüfung zeige, daß Dein Arm nicht zu
kurz ist, daß er nicht helfen könne."

Auf und ab wandelnd, blieb er in der Nähe des
Gefängnisses bis die Dunkelheit anbrach und die
hellen Sterne anfingen, einer nach dem andern über
seinem Haupte in ihrer Herrlichkeit zu leuchten. Ihr
Anblick, als er betend sein Auge gen Himmel erhob,
beruhigte seinen Geist und leise flüsterte er: „Er
nennet sie alle mit Namen." Es war ein Gedanke,
welcher geeignet war, ihm Vertrauen zu Dem ein=
zuflößen, der da Seinen Kindern verheißen hat, daß
sie in Seine Hände gezeichnet sein sollen und Der
da spricht: „rufe mich an in der Noth, so will ich
dich erretten", und Victors Seele war getröstet,
als er sich auf die großen, köstlichen Verheißungen
der göttlichen Liebe berief.

Die Mitternachtstunde nahte endlich und alles
umher war still und pflegte der Ruhe. Es geschah
nichts, was seinen schlimmen Verdacht rechtfertigen
und Besorgniß erregen konnte, und er war eben zu

dem Entschluß gekommen, auch zur Ruhe zu gehen,
als er in der Ferne den Hufschlag von Pferden ver=
nahm. Gleich darauf kam aus einer Nebenstraße
ein kleiner Trupp Reiter heraus, der sich vorsichtig
vorwärts bewegte und sich so viel als möglich in dem
dunkeln Schatten der Häuser hielt. Er bewegte sich
die Straße entlang und stellte sich vor dem Gefäng=
nisse auf. Victor, der sich eilig unter einen Bogen=
gang versteckt hatte, beobachtete seine Bewegungen
mit angestrengtem Auge und sah beim Sternenlicht
die Umrisse der einzelnen Reiter, wie sie sich in einer
Reihe ordneten. Das Gefängnißthor wurde ihnen
ohne Anruf geöffnet und im nächsten Augenblick
wurde eine verhüllte Gestalt herausgeführt und haftig
von zwei Männern hinter einem kräftigen Reiter
aufs Pferd gehoben. Es war kein Augenblick zu
verlieren, denn der Trupp war augenscheinlich im
Begriff, seinen Marsch fortzusetzen und Victor, mit
großer Geistesgegenwart aus seinem Versteck hervor=
tretend, taumelte auf Art eines Trunkenen vorwärts
und stimmte ein Lied an. Im Augenblick, als das
Pferd mit der Doppellast vorüber kam, rief er die
Worte: „Hilf uns in der letzten Stunde!" Seine
List gelang, denn sofort ertönte ein scharfer Pfiff,
der sich mit dem lauten Hufschlag der Pferde ver=
mischte, als der Haufe die Straße entlang ritt. „Er

ist's!" rief Victor und mit der Schnelligkeit eines
Windhundes eilte er die nächste Nebenstraße hinab.

Er wußte, daß sein Vorhaben keinen Aufschub
litt. Es gab nur eine Möglichkeit, Palissy zu retten.
Das war die Dazwischenkunft des Königs und
möglicherweise war Sire de Pons, wenn er ohne
Verzug mit dem Geheimniß, welches Victor erfahren,
bekannt gemacht wurde, im Stande noch zu rechter
Zeit Maßregeln zu ergreifen, die mörderischen Absichten der Feinde Palissy's zu vereiteln.

.

Dritter Theil.

---

1. Kapitel.

Einem losen Menschen wird es gehen, wie er handelt ; aber ein Frommer wird über ihn sein.
Sprüche 14, 14.

Palissy war nun in einem Gefängnisse innerhalb der Mauern von Bordeaux eingekerkert. Während er dort liegt, des Trostes beraubt, den er bislang aus der Gesellschaft Victors schöpfte, müssen wir uns auf einen ganz andern Schauplatz begeben.

In Folge der Nachricht, welche er von Sire de Pons erhielt, entschloß Montmorency sich, als einziges Mittel, das Schicksal, welches seinen geistreichen Arbeiter bedrohte, abzuwenden, sich in Person an die Königin Mutter zu wenden, durch deren Einfluß der Hof vielleicht veranlaßt werden möchte, ihn zu schützen. In der That war Catharine selbst eigentlich die Monarchin und ein Wort von ihr würde genügt haben. Die einzige gute, Manches ausgleichende

Eigenschaft, welche diese übel berüchtigte Frau besaß,
war ein gebildeter Geschmack für Wissenschaft und
Kunst, ein Geschmack der, wie es scheint, in ihrer
Familie erblich gewesen ist. Sie hat die königliche
Bibliothek mit vielen kostbaren Manuscripten aus
Griechenland und Italien bereichert und derselben
die Hälfte der Bücher geschenkt, welche ihr großer
Ahnherr Lorenzo de Medici nach der Einnahme von
Constantinopel von den Türken gekauft hatte. Ganz
besonders zeichnete sie sich durch ihre Liebe für die
Baukunst aus und ihr Geschmack und ihre Kenntnisse
darin entfalteten sich bei der Erbauung vieler Schlösser
in verschiedenen Provinzen, bemerkenswerth durch
die Richtigkeit ihrer Verhältnisse und Reinheit des
Baustyls, zu einer Zeit, als die Franzosen von den
Regeln der Baukunst kaum einen Begriff hatten.
Jetzt eben hatte sie sich entschlossen, für sich selbst
einen neuen Palast zu bauen und Montmorency fand
sie in ihren Gemächern, die für sie im Palast Luvre eingerichtet waren, eifrig damit beschäftigt, verschiedene
Risse zu prüfen. Als der Connetable angemeldet
wurde, blickte sie von der Tafel, auf welcher die
Risse ausgebreitet waren, auf und nachdem sie seinen
Gruß erwidert, bat sie ihn, neben ihr Platz zu nehmen,
und mit ihrer Hand (die schönste, die jemals gesehen
worden, wie ein gleichzeitiger Schriftsteller versichert)

10*

winkend, erbat sie sich lächelnd seinen Rath bei der
Auswahl. „Erlaubt mir, Herr" sprach sie „um euer
Urtheil zu bitten, denn in dem was ich jetzt vorhabe,
wüßte ich Keinen zu finden, dessen Rath ich höher
schätzte, als den Eurigen. Ihr wißt, daß das Schloß
Tournelles zum Abbruch bestimmt worden ist und
deshalb habe ich mich entschlossen, für mich ein neues
Schloß zu bauen und bin eben dabei, einen Platz
dafür auszusuchen. Der Riß, der dort vor Sr.
Majestät" — und dabei blickte sie auf ihren Sohn,
fast noch ein Knabe, der ihr gegenüber saß „liegt,
scheint mir nicht geringe Vortheile zu bieten". Das
Papier, worauf die Königin deutete, war der Grund-
riß von einem Grundstück, unmittelbar an den Grenz-
mauern des Louvre belegen, damals noch außerhalb
Paris, und welches ein halbes Jahrhundert früher
durch König Franz I. als ein Geschenk für seine
Mutter Marie Louise von Savoyen angekauft worden
war. Ursprünglich war der Platz mit Tuileries
(d. h. Ziegelöfen) bebaut gewesen und auf den alten
Zeichnungen, welche Catharine besaß, waren die
Stellen, wo früher die Holzhöfe und die Brennhäuser,
die zur Anfertigung der Steine und Ziegel benutzt
wurden, angegeben. „Seine Lage, nahe am Flusse,
und die große Fläche, passend zu Gartengründen,
    sprechen sehr zu seinen Gunsten, Madame" sagte der

Connetable. „Und seine Nähe beim königlichen Palast gleichfalls", bemerkte die Königin; gleichzeitig entrollte sie eine andere Zeichnung, die sie sich an= schickte, mit Hülfe Montmorency's zu prüfen.

Während die Beiden damit beschäftigt sind, wollen wir die Gelegenheit benutzen etwas von den beiden königlichen Personen vor uns zu sagen. Carl IX. war noch nicht vierzehn Jahre alt, schlank von Figur, kräftig aber nicht anmuthig gebaut und mit einem Gesicht, das große Willenskraft ausdrückte, zugleich aber grausam und unedel. Der arme Knabe in einem so frühen Alter mit unbegrenzter Macht bekleidet, scheint von Natur heftigen Gemüths, höchst unbändig und lebhaft gewesen zu sein. Seine größte Leidenschaft war die Jagd, jedoch zeigte er auch viel Sinn für die Wissenschaften. Aber, in Unter= würfigkeit unter den Willen seiner Mutter gehalten und von ihr angeleitet zu mißtrauen und sich zu ver= stellen, wurde sein natürlicher Character verdorben und bis zum Tode seiner Mutter gab er sich zum willenlosen Werkzeug ihres Ehrgeizes und ihrer Grausamkeit her. Eine bemerkenswerthe Anecdote wird von ihm erzählt. Als er noch ein Jüngling war und gelegentlich die Erfahrung gemacht hatte, daß wenn er Wein getrunken, er nicht mehr Herr über sich selbst sei, schwor er, nie wieder Wein zu trinken

unb er hat seinen Schwur gehalten. Was hätte man
nicht von einem Fürsten erwarten können, der solcher
Selbstüberwindung fähig war, wenn er angemessen
erzogen worden wäre?

Zu der Zeit, von welcher wir sprechen, war die
Schönheit der Königin Mutter schon im Abnehmen,
wiewohl sie noch immer einige Reste jener Reize be=
saß, die sie in der Jugend auszeichneten. Sie war
mit einem schwarzen Wittwenkleide bekleidet, welches
sie die Laune hatte, noch lange nach der üblichen Zeit
zu tragen; ihr Haar war von einer nach unten spitz
zulaufenden weißen Haube vollständig verdeckt, wie
wir auf Gemälden aus jener Zeit sie noch sehen, und
ihre stark ausgeprägten Züge wurden durch einen
grauen Gazeschleier gemildert. Ihre Augenbrauen
waren schwarz und ihre Augen, groß und glänzend,
hatten einen Ausdruck unruhiger Strenge, der Furcht
und Mißtrauen einflößte. Ihre Gesichtsfarbe war
gelblich, ihr Wuchs schlank und groß, ihre Bewegungen
voll Anmuth und Majestät, während in jeder ihrer
Mienen etwas Gebieterisches lag.

Wie sie jetzt sprach, war ihre Stimme sanft und
wohlklingend, denn sie hatte den Wunsch zu gefallen,
aber wenn der Zorn und böse Leidenschaften in ihrem
Busen tobten, wurde dieselbe mißtönend, rauh und
abgestoßen.

„Ich glaube" sprach sie in Antwort auf eine Bemerkung, die Montmorency gemacht hatte, „die Wage neigt sich sehr zu Gunsten des ersten Grundrisses, dem ich demnach den Vorzug geben und sofort Befehl geben will, daß der Grund zu dem neuen Palast ausgegraben wird und nach dem Grundstück, worauf er gebaut wird, soll er der Palast der Tuilerien genannt werden." „Gewiß Madame", sagte der Connetable. „Ihre Majestät haben wundervoll gut gewählt und mit Umsicht einen passenden Mann für die zu schaffende neue königliche Wohnung gewählt." „Es kam mir ins Gedächtniß zurück, daß einer der schönsten Stadttheile im alten Athen Keramic genannt wurde, weil der Grund, worauf er stand, früher den außerhalb der Stadt wohnenden Töpfern gehört hatte." „Da ihr von Töpfern sprecht, Madame", antwortete Montmorency „fällt mir eben wieder der Hauptzweck ein, warum ich eigentlich um eine Zusammenkunft mit Ihrer Majestät nachgesucht habe. Unter den Arbeitern, welche ich in Ecouen beschäftige, befindet sich ein Handwerker, der eine erstaunliche Geschicklichkeit in der Kunst auf Glas zu malen bekundet, und der eine emailirte Thonwaare von großer Schönheit erfunden hat. Ich wüßte Keinen, der ihm an Geschicklichkeit gleichkäme, in der That, ich wüßte seinen Platz nicht wieder zu

besetzen, wenn er geopfert werden sollte." „Einen
solchen großen Schatz solltet ihr euch nicht aus den
Händen schlüpfen lassen. Welche Gefahr droht ihm
denn?" „Er ist ein Hugenot, Madame" war die
Antwort. „Das hat ja nichts zu bedeuten", ant=
wortete die Königin lächelnd, „seine Ketzerei wird die
Farbe seiner Gläser und Thonwaaren nicht ver=
ändern." „Freilich nicht, aber er ist in die Hände von
Negeret gefallen, einer der königlichen Anführer in
Saintogne, und er wird unfehlbar gehangen oder ver=
brannt werden, und als ein ketzerischer Schurke ge=
schähe ihm schon Recht, würde ich sagen, wenn mein
Bau nicht unvollendet und Meister Palissy nicht ein
so seltener Arbeiter wäre. Solch ein Geschick wie er
auch hat, im Anlegen und Schmücken von Gärten!
Kurz er ist so recht der Mann, den Ihre Majestät
für das Werk, welches eben jetzt in Aussicht ge=
nommen ist, unschätzbar finden würden."

Königin Catharine war keineswegs abgeneigt,
in einer so geringfügigen Sache sich dem großen
Connetable gefällig zu erweisen; außerdem war es
ganz nach ihrem Geschmack, tüchtige Künstler in
Schutz zu nehmen und sie wußte nur zu gut, wie
schwer es hielt, einen Solchen, wie ihr eben be=
schrieben worden war, zu finden, als daß sie für den
Wink, den Montmorency ihr gegeben, taube Ohren

hätte haben können. „Laßt in des Königs Namen
einen Befehl ausstellen", sagte sie, „wodurch Palissy
zu Sr. Majestät Künstler in Thon ernannt wird.
Er wird alsdann, als königlicher Diener, der Gerichts=
barkeit von Bordeaux entzogen und in seiner Sache
kann alsdann nur der große Rath handeln und Recht
sprechen." Montmorency sprach seinen Dank aus
und erhob sich, um sich zu entfernen, als die Königin
gleichgültig bemerkte: „Das war eine dumme Ge=
schichte, die de Guise dort in Vassy angerichtet hat;
sie hat die Protestanten zum Aeußersten gebracht
und jetzt hat alle Mäßigung ein Ende." Der Conne=
table antwortete nicht, sondern zuckte blos die Achsel,
der junge König aber machte auf der Stelle folgenden
witzigen Vers, den die Geschichte aufbewahrt hat:

> „François premier, prédit ce point,
> Que ceux de la maison de Guise
> Mettraient ses enfants en pourpoint
> Et son pauvre peuple en chemise." *)

Catharine sah bei diesem unerwarteten Wortspiel
ihres Sohnes etwas verlegen aus, und nachdem sie sich

---

*) Franz der Erste hat es deutlich vorher gesagt,
 Daß die vom Hause der Guisen
 Ihre Kinder mit den reichsten Kleidern anthun,
 Aber seine armen Unterthanen auf's ärmlichste kleiden
 würden.

mit einiger Hast erhoben, schritt sie durchs Zimmer,
und indem sie den Arm des Königs nahm, machte
sie dem Connetable eine anmuthige Verbeugung und
zog sich zurück.

Das Ergebniß dieser Unterredung war, daß eben
so schnell als die königliche Post den Brief Montmorency's nach Bordeaux befördern konnte, Palissy
aus der Gewalt seiner Feinde erlöst wurde, und da
er jetzt gegen die Feindseligkeiten der Streitenden
von beiden Seiten vollkommen sicher gestellt war,
kehrte er nach Saintes zurück und nahm seinen Platz
in der zertrümmerten Werkstatt wieder ein, deren
eingebrochene Thüren traurige Zeugen von dem
Wüthen des Bürgerkrieges waren. Ach! es hatte
sich alles gewaltig verändert, denn die Stadt war
halb entvölkert; die Besten der Einwohner waren
entweder geflohen oder in den Straßen ermordet
worden, Kirchen waren gestürmt und rohe Hände
hatten überall Zerstörung angerichtet. Allein nichts
scheint den Gleichmuth seiner Seele erschüttert zu
haben, denn er konnte mit Paulus sagen: „Ich habe
gelernt, bei welchen ich bin, mir genügen zu lassen."
Es ist offenbar, daß er zu der Festigkeit und Seelen-
ruhe, jenes selige Vertrauen erlangt hatte, welches
so ganz die Wahrheit der göttlichen Verheißung:
. Du erhältst stets Frieden nach gewisser Zusage,

denn man verläßt sich auf dich," zur Gewißheit
macht, zu der zuverlässigen Gewißheit, von welcher
die alten Weisen blos träumten.

Bernard hatte jetzt Muße, das Verlorene wieder nachzuholen und er benutzte die Gelegenheit, sein
kleines Buch zu vollenden, welches, wie wir gesehen
haben, seine Gedanken so sehr in Anspruch nahm,
als er als Gefangener im Kerker saß. Er gedachte
wieder an den schönen Garten und er erzählt uns,
wie er eines Tages (als auf eine kurze Zeit der
Friede wieder hergestellt war), während er an den
Ufern der Charente durch die Wiesen bei der Stadt
wandelte, und über die schrecklichen Gefahren nachdachte, aus welchen Gott ihn in der letzten Zeit voll
Prüfungen und Leiden errettet hatte, er noch einmal
die lieblichen Klänge hörte, die ihn vor jener bösen
Zeit so sehr erfreut hatten. „Es war der Gesang
einiger jungen Mädchen, die im Schatten eines
Baumes saßen und zusammen den 104. Psalm sangen; und da ihr Gesang so sanft und außerordentlich harmonisch war, ließ er mich meinen ersten Gedanken vergessen, und nachdem ich eine Weile still-
gestanden und gehorcht und mich des Gesanges erfreut hatte, stellte ich Betrachtungen über den Sinn
dieses Psalms an. Die Hauptstellen ließ ich im
Geiste an mir vorüberziehen und wurde mit Be-

wunderung für die Weisheit des königlichen Propheten erfüllt, so daß ich zu mir selbst sagte: ,O die
herrliche, wunderbare Güte Gottes! Ich wollte,
wir Alle hielten die Werke Gottes in solcher Verehrung, als er es in diesem Psalm lehrt;' und da
nahm ich mir vor, ich wolle auf einem großen Gemälde die schönen Landschaften abmalen, welche
darin beschrieben werden, nachher aber, als es mir
einfiel, daß Gemälde nur von kurzer Dauer seien,
wandte ich meine Gedanken wieder der Anlage eines
Gartens zu, ganz nach dem Muster und zum Theil
wenigstens mit dem Schmuck und der herrlichen
Schönheit, wie der Psalmist ihn ausgemalt hat, und
da ich diesen Garten im Geist bereits entworfen
hatte, fand ich, daß ich in Uebereinstimmung mit
meinem Entwurf nahe dabei einen Palast oder ein
rundes, erhabenes Gebäude errichten könne, von wo
aus man den ganzen Garten übersähe, welches gewiß ein frommes Vergnügen gewähren und eine
ehrenvolle Beschäftigung für Leib und Seele sein
würde.

2. Kapitel.

Des Menschen Herz schlägt seinen Weg an,
aber der Herr allein giebt, daß er fortgehe.

Sprüche 16, 9.

Victor und Bernard waren jetzt durch die
Bande der Liebe und Freundschaft enger mit einander
verbunden, denn je. Mit dankbarer Freude benutz-
ten sie die Gelegenheit, die ihnen noch einmal geboten
wurde, sich in lieblicher Weise und, ohne jene rohen
Störungen, die sie jüngst erfahren, zu berathen.
Freilich konnten sie nicht mehr mit ihren Brüdern,
als eine kirchliche Gemeinde zusammen kommen,
denn ach! die Glieder jener blühenden Heerde waren
zerstreut, und die Stimme ihres verehrten Predigers
war im Tode verstummt, aber sie Beide kamen, wie
in früherer Zeit zusammen, in heiliger Andacht,
Gott zu dienen. Nur wenige Abende vergingen,
ohne eine kleine liebevolle Unterhaltung, die in der
Regel mit Gebet und Dank gegen Gott schloß.

Bei einer dieser Gelegenheiten, fand Victor
beim Eintreten, seinen Freund damit beschäftigt,
die Formbildung einer Muschel zu studiren, die er
nach allen Seiten hin umdrehte und genau untersuchte. „Gestern hielt ich es für gerathener, dich
in deinen Gedanken nicht zu stören", sagte er, „du
gingst, als ein Mann, der geistesabwesend ist; den

Kopf gesenkt und nichts um dich her beachtend. Ich
ging auf der Straße so nahe an dir vorüber, daß
ich deine Rockschöße hätte berühren können, du sahst
mich aber nicht". „Nein, ich habe dich nicht gesehen,
mein Freund, denn mein Geist war sehr mit dem
Entwurf einer Stadt oder Festung beschäftigt, die
als ein Zufluchtsort für vertriebene Christen dienen
könnte. Nachdem ich vergebens unter den Plänen
und Rissen der Baumeister darnach gesucht hatte,
habe ich angefangen, in den Wäldern und Bergen
herum zu wandern, um zu sehen, ob ich nicht irgend
ein geschicktes Thier ausfindig machen könnte, welches mir für mein Vorhaben einen Wink gäbe, und
wirklich ich habe eine große Zahl solcher gefunden,
die mich durch ihre große Geschicklichkeit, die Gott
ihnen verliehen hat, in Erstaunen setzten, und ich
habe vielfältig Gelegenheit gehabt, Ihn in Seinen
Wundern zu verherrlichen, und von dem einen oder
andern Thierchen habe ich sogar auch eine kleine
Anleitung für mein Vorhaben bekommen; wenigstens
bin ich zu der Hoffnung ermuthigt worden, ich
würde möglicher Weise doch meinen Zweck erreichen.
Nachdem ich in meinen Mußestunden mich so mehrere Wochen beschäftigt hatte, kam ich zuletzt auf
den Gedanken, die Klippen und den Strand am
Meer zu besuchen, wo ich so viele verschiedene Woh-

nungen und Schlupfwinkel entdeckte, welche die verschiedenartigen kleinen Seethiere aus ihrem eigenen Saft und Speichel machen, daß ich hoffen durfte, ich würde hier finden, wornach ich suchte. Ich betrachtete und untersuchte daher alle die verschiedenen Arten von Seethieren, wobei ich von den kleinsten zu den größesten überging und ich habe Dinge gefunden, die mich betroffen machten über die erstaunliche Güte der göttlichen Vorsehung, die solche Sorgfalt sogar auf diese Geschöpfe verwandt hat. Ich machte ferner die Wahrnehmung, daß die Kämpfe und Kriege unter den Geschöpfen im Meer ohne Frage viel großartiger und heftiger sind, als unter den Thieren auf dem festen Lande, auch habe ich bemerkt, daß die Prachtfülle der Natur im Meer weit größer ist, als auf dem Lande, und daß Ersteres viel fruchtbarer ist".

„Du setzest mich in Erstaunen," antwortete Victor, „daß du noch immer mit solchen Plänen umgehst, denn ich gebe mich der frohen Hoffnung hin und glaube bestimmt, daß eine solche Festung nicht mehr vonnöthen sein wird. Bedenke doch, daß wir jetzt Frieden haben und daß wir zugleich hoffen dürfen, daß es binnen Kurzem ganz freigegeben werden wird, in ganz Frankreich das Evangelium zu predigen; und nicht allein hier, in unserm Vater-

lande, sondern in der ganzen Welt, denn das stehet
im Evangelio Matthäi im vierundzwanzigsten Kapitel geschrieben, wo Gott der Herr sagt: ‚es wird
geprebigt werden das Evangelium vom Reich in der
ganzen Welt zu einem Zeugniß über alle Völker'.
Das ist's, was mich zu dem Ausspruch bestimmt,
daß es nicht mehr nöthig ist, sich nach Festungen
für die Christen umzusehen".

„Du hast aber andere Stellen des neuen Testaments nicht gebührend beachtet", antwortete Palissy,
„denn es stehet auch geschrieben, daß die Kinder
und Auserwählten Gottes werden in Trübsal überantwortet, gehasset, verspottet und verbannet werden
bis an's Ende. Es ist wahr, der heilige Matthäus
sagt, daß das Evangelium vom Reiche der ganzen
Welt geprebigt werden wird, nicht aber, daß es
Alle annehmen werden, sondern es soll ein Zeugniß
sein, Allen, nämlich zu rechtfertigen diejenigen,
welche da glauben und rechtmäßiger Weise die Ungläubigen zu verdammen. Demzufolge ist anzunehmen,
daß die Ungläubigen und Gottlosen und überhaupt
alle bösen Leute zu allen Zeiten bereit sein werden,
diejenigen zu verfolgen, die auf grabem Wege den
Geboten und Verordnungen unsers Herrn folgen".

Der liebenswürdige Victor, dem reiferen Urtheil
seines Freundes sich unterwerfend, vertheidigte seine

11

Ansicht nicht weiter, sondern beschränkte sich auf die Frage, ob er denn endlich den Gegenstand seines Suchens gefunden habe. „Es scheint mir, als ob mir das geglückt sei. Betrachte diese Muschel, sie wurde mir gestern, als ich in Rochelle war, von einem Bürger daselbst, Namens L'Hermite, geschenkt. Sie ist das Gehäuse der Purpurschnecke und jene größere dort auf dem Tisch ist eine Seemuschel. Sie sind von Guinea herüber gebracht worden und sind beide nach Art einer Schnecke gewunden, die Seemuschel aber ist fester und größer, als die andere. Nun ist das Ergebniß meiner Beobachtung dieser Dinge, daß Gott den schwachen Geschöpfen mehr Geschicklichkeit verliehen hat, als den stärkeren, und ihnen die Fähigkeit gegeben hat, jedes für sich ein Haus anzufertigen, so nach den Regeln der Geometrie und Baukunst gemacht, daß selbst Salomo mit aller seiner Weisheit, niemals etwas Aehnliches zu schaffen im Stande gewesen wäre. Diesen Umstand berück= sichtigend, verweilte ich bei der Stachelmuschel der Purpurschnecke, um sie genauer zu untersuchen, weil ich von der Ueberzeugung ausging, der liebe Gott würde ihr, zur Ausgleichung ihrer Schwäche, etwas mehr gegeben haben und so, nachdem ich lange dar= über nachgedacht, habe ich ausgefunden, daß im `nern der Muschel der Purpurschnecke sich eine ziemliche Menge Vorsprünge befinden, die dieselbe umgeben." „Ich merke schon, was du meinst; dieselben tragen viel zur Erhöhung ihrer Schönheit und Zierlichkeit bei." „Meinst du, das wäre alles? O, nein! da steckt mehr darin. Die sind eben so viele Bollwerke und Vertheidigungswerke für die Festung und eine Zuflucht für die Bewohner der Muschel. Als ich dieses sah, beschloß ich, mir eine Lehre daraus zu ziehen und nahm ohne Säumen Zirkel, Richtscheit und andere Werkzeuge zur Hand, die nöthig waren, eine Zeichnung davon zu machen."

Bernard zog alsdann den Riß hervor, den er gezeichnet hatte und den er in seinem kleinen Werke weitläufig erläutert. Als ein besonderes, ganz merkwürdiges Geistesproduct ist diese Arbeit außerordentlich interessant und zeigt uns eine der zahlreichen Gegenstände, woran sein lebhafter Verstand sich versuchte und zeigt insonderheit auch, wie seine Liebe zur Natur alle seine Gedanken ganz und gar beherrschte. Wer anders, als Einer, der für die Naturwissenschaft schwärmt, würde die Nester der Vögel und die Muscheln im Meer zu Rathe gezogen haben, wenn er eine Festung anzulegen beabsichtigt, die allen Schrecken einer Belagerung widerstünde?

Endlich war sein Buch fertig und zu Rochelle 1563, das Jahr nach seiner Haft, gedruckt. Er setzte

11*

demselben, als Einleitung, drei Briefe voran, die er nach seiner Erlösung aus dem Gefängniß geschrieben, nämlich an den Connetable, seinen Sohn, den Marschall Montmorency und an die Königinmutter. Nachdem er diesen erlauchten Personen und Beschützern seine Dankbarkeit zu erkennen gegeben, erzählte er auf's Genaueste die üble Behandlung, die ihm während seiner Gefangenschaft zu Theil gewerden und wies dabei insbesondere darauf hin, daß er ja nicht „ein Dieb oder Mörder" gewesen. Alsdann geht er zur Erklärung der Gegenstände über, welche das Buch eigentlich behandelt, und worin er zeigt, daß dieselben wohl der Beachtung werth seien, obgleich sie nicht in gelehrter Weise beschrieben, „da ich" wie er selbst schrieb, „ja kein Grieche, noch ein Hebräer, kein Dichter noch ein Schriftsteller, sondern blos ein einfacher Handwerker bin, in den Wissenschaften schlecht genug bewandert. Deßungeachtet sind diese Dinge nicht weniger schätzbar, als wenn sie von einem Beredteren vorgetragen wären. Ich wollte lieber in meiner ungekünstelten Sprache die Wahrheit reden, als mit Beredtsamkeit lügen; deshalb hoffe ich, man wird dieses kleine Werk so freundlich annehmen, als wie ich den Wunsch hege, daß es Allen Freude machen möge." In seinem Briefe

· die Königin Catharine giebt er seine Bereitwillig-

keit zu verstehen, in ihre Dienste zu treten und nach
Kräften bei dem Bau ihres Schlosses und der Anlage ihrer Gärten thätig zu sein. Es währte auch
nicht lange, bis er Gelegenheit fand, seine Kunst
auszuüben. Durch Vermittlung seines Gönners,
Sire de Pons, und dessen Gemahlin, empfing er die
Nachricht, daß er ausersehen sei, in Gemeinschaft
mit Jean Bullant, sein Mitarbeiter auf dem Schlosse
Ecouen, bei den neuen Bauten, welche die Königinmutter unternommen, mitzuarbeiten. Selbstverständ-
lich war seine Uebersiedelung nach Paris nun nothwendig. „Es ist aus vielen Gründen wirklich Zeit,
Meister Bernard," sagte Sire de Pons, „daß Ihr
Saintes verlaßt, Eure Stellung hier ist beschränkt
und unpassend. Eure Feinde sind blos zum Schweigen
gebracht, aber nicht aus dem Wege geräumt. Eure
vornehmsten Beschützer sind hohe Herren und noth-
gedrungen sehr viel bei Hofe, und in einer abgelegenen
Provinz könnt Ihr ihre Aufträge weder erhalten
noch ausführen. In Paris werdet Ihr in dieser
Beziehung viele Vortheile haben. Ihr werdet im
beständigen Verkehr mit geistreichen Männern leben
und euer Geschmack wird sich durch das Studium
der auserlesenen Kunstwerke, die in der Hauptstadt
aufgehäuft sind, läutern." „Auch Eure Söhne
Nicole und Mathurin, sind jetzt bereits junge Män-

ner, denen zugleich Beschäftigung und Hülfe zu ihrem Fortkommen geboten wird," fügte Madame de Pens hinzu, „und wiewohl es uns sehr leid thun wird, Euch zu verlieren, so können wir doch nicht so selbstsüchtig sein, ein Ereigniß zu beklagen, welches für Euch und Eure Söhne ein Glück ist." „Ich hätte nicht geglaubt, daß ich so ausgezeichnet werden würde," entgegnete Bernard, „sicherlich ist es das gute Wort, welches mein Herr, der Connetable, für mich eingelegt, welches mir diese Anstellung verschafft hat. Ich bin entschlossen, den Fähigkeiten, die ich habe, gemäß, seiner Empfehlung Ehre zu machen. Und das darf ich dreist behaupten, daß die Arbeiten, welche ich für ihn ausgeführt habe, hinreichend Zeugniß ablegen für die Gabe, die es Gott gefallen hat, mir als einem Künstler in Thon zu verleihen. Ich bin deshalb auch nicht ohne Hoffnung, daß meine Arbeit auf dem Platze, auf den die Vorsehung mich jetzt berufen hat, Beifall finden wird." „Wir beabsichtigen in Kurzem nach Paris zu reisen," sagte der Sire, „und Ihr könnt, wenn ihr es angemessen findet, uns begleiten. Die Zeit ist nur kurz, zehn, höchstens vierzehn Tage, aber ich zweifele nicht, Ihr könnt bis dahin reisefertig sein."

Dieses freundliche Anerbieten wurde dankbar angenommen und zur bestimmten Zeit sagte Palissy

Saintes Lebewohl und machte sich, in Begleitung
seiner beiden Söhne auf den Weg nach Paris, der
Hauptstadt von Frankreich, welche von der Zeit an
sein Wohnort wurde. Mit einem vollen Herzen
verließ er die Stadt, die bis dahin seine Heimath
gewesen, wo seine Kinder geboren worden, und wo er
eine lange, lange Lehrzeit voll Sorge und Prüfungen
bestanden und vollständig über alle Hindernisse,
welche ihn zu überwältigen und seine schönsten Hoffnungen zu zerstören drohten, triumphirt hatte. Als
er am Abend vor seiner Abreise von dem Grabe
seiner Frau und seinen sechs Kindern langsam und
in Gedanken vertieft, zurückkehrte, wurde er von
Victor überholt, der ihn aufsuchte, um die wenigen
letzten Stunden in seiner Gesellschaft zuzubringen.
Sie kehrten zusammen heim und Victor erzählte
seinem Freunde eine ganz unerwartete Neuigkeit.
„Ich werde hier, wenn du fortgegangen sein wirst,
nicht länger bleiben,“ rief er mit ganz ungewohntem
Nachdruck und sein blasses Angesicht röthete sich vor
Aufregung. „Ein Vetter von mir hat mir eben
diesen Nachmittag eine Nachricht gebracht, die meine
Abreise von hier zur Folge haben wird und das
wahrscheinlich schon in einigen Monaten. Wenn du
nicht auch von hier fortgezogen wärest, würde es
mir sicherlich großen Kummer verursacht haben,

nun aber ist es so ebenso gut, denn deinen Verlust
würde ich doch kaum ertragen haben". „Was ist
dir zugestoßen, und wohin willst du gehen?" fragte
Bernard in seiner raschen Weise. „Mein ältester
Bruder wurde, wie du weißt, voriges Jahr in einem
jener mörderischen Angriffe auf die Anhänger unserer Religion getödtet. Er hat kleine Kinder hinterlassen und seine arme Frau, die sich von der Er-
schütterung bei seinem jähen Tode nie wieder erholt
hat, sinkt rasch dem Grabe entgegen. Sie bittet
mich dringend, durch den Vetter, den sie zu mir geschickt, nach meinem Geburtsort zurückzukehren, und
die Sorge für meines Bruders Kinder zu überneh-
men. Sie werden das kleine Besitzthum, welches
unserm Vater gehörte, und welches aller Wahrscheinlichkeit nach, in den Händen Fremder bald zusammen schmelzen würde, dereinst erben. Ich selbst
habe keine Kinder, und meine Frau, die gute Seele,
wird diesen armen Waisen eine treue Mutter sein.
Es scheint mir die Stimme unsers himmlischen
Vaters zu sein, die uns zuruft: ‚stehe auf und
gehe hin.'" „Ich habe dich nie von deinen jüngeren
Jahren sprechen hören, Victor". „Das ist richtig;
auf meinem Wege hierher gedachte ich an die Tage
meiner Kindheit. Eine glückliche Zeit war's, und
~r waren eine glückliche Familie, in welcher

Friede und Zufriedenheit herrschte! Die Landstelle, von welcher wir alle zusammen lebten, war sehr klein, aber Ordnung, Sparsamkeit in der Haushaltung, Arbeit und Mäßigkeit schützten uns vor Mangel. Unser kleiner Garten brachte beinahe so viel Gemüse hervor, als wir brauchten und der Obstgarten lieferte uns Früchte. Unsere Quitten, Aepfel und Birnen, wohl aufbewahrt, dazu der Honig von unsern Bienen, lieferten im Winter für uns Kinder und die gute alte Frau, die Großmutter, sowie für die Tanten, ein herrliches Frühstück. Wir wurden alle von der kleinen Heerde, die auf den nahen Hügeln weidete, gekleidet; meine Tanten spannen die Wolle, und der Hanf auf unserm kleinen Felde versorgte uns mit Leinwand. Abends, beim Schein unserer Lampe, die mit Oel von unserm Wallnußbaum gespeist wurde, kamen die jungen Mädchen von der Nachbarschaft zu uns, und halfen uns, unsern Flachs bereiten und wenn die Reihe denn an uns kam, halfen wir ihnen wieder. Die Ernte von unserm Gütchen genügte für unsere Bedürfnisse. Unser Buchweizen-Pfannkuchen, heiß und mit guter Butter von Mont d'Or bestrichen, war ein köstliches Mahl für uns. Ich wußte aber nicht, welches Gericht wir lieber gegessen hätten, als unsere Rüben und Kastanien. Wenn wir an den langen Winterabenden um den

Herd herum saßen und diese schönen Rüben braten
sahen und das Wasser in dem Topfe, worin unsere
Kastanien gekocht wurden, so hübsch singen und
brodeln hörten, wässerte uns der Mund und die
Großmutter, erfreut über unser kindliches Vergnügen, fügte dann und wann eine Quitte dem herrlichen Mahl hinzu, deren leckeren Duft, wenn sie in
der Asche briet, ich mich noch erinnere. Die gute
alte Frau! Sie, bei aller ihrer Mäßigkeit und
Enthaltsamkeit, machte kleine Schlemmer von uns
Knaben. Ach mein lieber Freund! die Frauen sind
es, die von der Wiege bis zum Grabe uns verziehen
und hätscheln. Du siehst also, daß wir vollkommen
genug hatten, alle unsere Bedürfnisse zu befriedigen,
denn wenn in unserm Hause auch wenig war, so
ging auch nichts verloren, und Kleinigkeiten zusammen genommen machen Viel. Zudem war im
nahen Walde Ueberfluß an dürrem Holz, von geringem Werth, und mein Vater hatte die Erlaubniß,
seinen jährlichen Bedarf davon zu nehmen. Theurer
und verehrter Vater! Er erzog uns alle in der
Furcht des Herrn und von jeher ist es die höchste
Wonne meines Lebens gewesen, vor Gott zu treten
und zu sprechen: ‚Du warst meines Vaters Gott,
sei Du auch mein Gott!‘" Wie lange Victor noch
bei diesen lieblichen Erinnerungen verweilt haben

würde, weiß ich nicht. Er wurde durch das Erscheinen einiger Nachbarn unterbrochen, welche
kamen, um von Palissy und seinen Söhnen Abschied
zu nehmen, und als sie wieder fortgingen, war es
spät. Die beiden Freunde knieten nieder im Gebet
vor dem Thron der Gnade, und befahlen Einer den
Andern dem Schutze und der Gnade Gottes. Dann
erhob sich Victor und ging, auf der Schwelle aber
hielt er noch einmal an, blickte seinen Freund fest
an, und seine Augen füllten sich mit Thränen, als er
dessen Hand ergriff und sprach: „Jawohl, unser
Gott ist ein süßer Trost". Mit diesen Worten
wandte er sich und verschwand.

Wie oft, in späteren Jahren, kam dieser Abschied in Palissy's Gedächtniß mit süßer, tröstender
Kraft zurück.

3. Kapitel.

Und ich sahe das Weib trunken von dem Blut
der Heiligen, und von dem Blut der Zeugen
Jesu. Und ich verwunderte mich sehr, da ich
sie sahe. Offenb. 17, 6.

Das gegenwärtige Kapitel wird einen Zeitraum
von zehn Jahren aus dem Leben Palissy's umfassen
— Jahre von schrecklicher Bedeutung für Frankreich,
in welchen wieder zwei Mal nach kurzem Frieden

der Bürgerkrieg ausbrach, welchem dann das welt-
bekannte, unerhörte, bluttriefende Verbrechen, die
Bluthochzeit in der Bartholomäusnacht, folgte.
Während dieser Jahre war Bernard still und fleißig
beschäftigt, durch die Gunst des Hofes und vielleicht
auch durch die Erfahrung, die ihn die Nothwendigkeit
einer klugen Zurückhaltung bei der Aeußerung seiner
Ansichten gelehrt hatte, gegen Ungemach geschützt.
In Paris angekommen, errichtete er seine Werkstatt
auf einem Platze, der ihm im Bereich der Tuilerien
und Gärten angewiesen war, die zum Theil den
Bauplatz des neuen Schlosses bedeckten und von den
Trümmern der Gebäude, welche abgebrochen werden
mußten und von den Gerüsten der bei dem Bau an-
gestellten Bauleute, umgeben waren. Nicht weit
davon lag das Louvre, damals noch ein neues Gebäude und der Wohnsitz des Königs und der Königin
Catharine, welche umgeben von ihren Hofleuten, oft
kam das Fortschreiten des Baues zu beobachten und mit
ihrem bewunderungswürdigen Geschmack die Arbeiten
Palissy's, in vertrauten Kreisen „Meister Bernard
von den Tuilerien" genannt, zu leiten. In der
königlichen Bibliothek befindet sich noch ein Manu-
script aus dem Jahre 1570, eine Rechnung über
die Ausgaben der Königin enthaltend, worunter sich
Posten befindet „an Bernard, Nicole und Ma-

thurin Palissy, Thonbildner, die Summe von 2600
Livres für alle Arbeiten in Thon, gebrannt und
emaillirt, die jetzt noch zur Vervollständigung der
quatre pans au pourtour (der vier Seiten der Ein-
fassung) der Grotte, angelegt von der Königin in
ihrem Palast, nahe dem Louvre in Paris, zufolge
einer mit ihm abgeschlossenen Uebereinkunft.

Es wird uns berichtet, daß nachdem sein Geschmack durch das Studium der großen Werke italie-
nischer Meister geläutert worden, er ein vollendeter
Künstler wurde und Meisterstücke schaffte, die seine
früheren Arbeiten weit übertreffen. Er fand auch
viele Beschäftigung durch Gartenanlagen, die damals
sehr in der Mode waren und wofür seine größeren
Arbeiten, als Feldparthien, Bäume, Thiere und
selbst menschliche Figuren bestimmt waren. Einige
wenige von diesen haben dem Zahn der Zeit wider-
standen; es ist bekannt, daß sie vielen prächtigen
Landsitzen der französischen Edelleute aus jener Zeit
zur Zierde dienten, insbesondere den Schlössern
Chaulnes, Nesles in der Picardie und Rieux in de-
Normandie. Seine kleineren Sachen, die als Zierr-
rath der Zimmer dienten und ihren Platz auf den
Tafeln und in den Kunstcabinetten der Reichen fanden,
waren sehr zahlreich, und die sich davon bis auf die
gegenwärtige Zeit erhalten haben, werden als Kunst-

Kanne und Schüssel von Palissy.

werke sehr hochgeschätzt. Statuetten, hübsche Gruppen,
Kannen, Vasen mit seltsamen Verzierungen, Schüsseln,
Tassen, Estriche zu Wänden und Fußböden in Woh=
nungen und zu Kaminen, alle diese Sachen und noch
vielerlei andere Dinge wurden von unserm geschickten
Künstler*) in großer Vollkommenheit hergestellt.
Indem Palissy auf diese Weise mit fleißigen Händen
und erfinderischem Geschick arbeitete, sah er die
Jahre dahin fliehen, und war Zeuge von sonderbaren
Begebenheiten, die an Schrecknissen das früher Er=
lebte weit überboten.

Er sprach aus Erfahrung, als er sagte: „Wenn
ihr die schrecklichen Unthaten der Menschen gesehen

*) Die Meisterwerke Palissy's zieren die Privat Samm=
lungen der reichen und adeligen Liebhaber. Die größte und
vollständigste Sammlung seiner Töpferwaare befindet sich
im königlichen Museum in Louvre und im Hotel de Cluny,
die nach dem Tode des letzten Besitzers, de Sommerard, von
der französischen Regierung angekauft wurde. In gerechter
Würdigung der Verdienste ihres geschickten und viel ver=
folgten Landsmannes, eilte sie, sich in Besitz dieser großartigen
Sammlung zu setzen. Wir finden in einer „Geschichte der
Töpferei" folgende Beschreibung der Thonarbeiten von Pa=
lissy: „Sie zeichnen sich durch einen besonderen Styl und
viele Eigenthümlichkeiten aus. Die Formen der Figuren
sind durchgehend keusch. Die Verzierungen Scenen aus der
Geschichte, aus der griechischen Götterlehre, und Sinnbilder

hättet, die ich während jener Unruhen gesehen habe,
jedes Haar auf eurem Haupte würde sich gesträubt
haben aus Furcht, ihr möchtet menschlicher Bosheit
zum Opfer fallen, und derjenige, der solche Dinge
nicht mit angesehen hat, kann sich niemals eine Vorstellung davon machen, wie gräulich und fürchterlich
eine Christenverfolgung ist." Er hatte sich kaum in
seinem neuen Verhältniß zurecht gefunden, als die
„zweiten Unruhen" ausbrachen, und eines der ersten
Opfer des Kriegs war sein ‚mächtiger Gönner‘,
der Connetable Montmorency.

Am 10. November 1567 wurde die Schlacht
bei St. Denys unter den Mauern von Paris ge-

---

sind halberhaben und gefärbt. Die Farben durchgehend
glänzend, jedoch ohne große Abwechselung, und beschränken
sich gemeiniglich auf Gelb, Blau und Grau, jedoch erstrecken
sie sich bisweilen auch auf Grün, Violet und Braun. Das
Email ist hart, aber nicht von so schöner Glasur, als dasjenige von Delft, und es ist ihm niemals gelungen die Reinheit des weißen Email von Luca della Robbia zu erreichen.
Auf einer Versteigerung von Palissy's Kunstwerken in Paris,
wurde eine ungewöhnlich große Vase, mit Knaben en relief
mit maskirten Gesichtern, Blumengewinde und Früchte
haltend, auf schönem blauem Grunde, und Schlangen als
Henkel, mit über vierhundert Thaler bezahlt. Ein sehr eigen-
thümlicher Leuchter, von durchbrochener Arbeit, kostete hundert
und dreißig Thaler.

schlagen, als der alte Connetable, an der Spitze
seines Heeres, in schöner Ordnung, mit Trommel=
schlag und fliegenden Fahnen zum Thore hinauszog,
den Feind zu treffen. Die Höhen von Montmartre
boten bei diesem Anlaß ein sehenswerthes Schau=
spiel. Sie waren gedrängt voll neugieriger Zu=
schauer in höchster Aufregung; die ganze geschäftige,
ruhelose Einwohnerschaft einer großen Stadt fand
sich dort zusammen, eine Schlacht anzusehen. Lita=
nien singende Priester vertheilten Rosenkränze an
die Krieger, fremde Gesandten, schöne Damen zu
Pferde, einige sogar mit Spießen in der Hand, die
sie in der Luft schwangen, Magistratspersonen und
Gelehrte, die Panzerhemden unter ihren Kleidern
trugen, kurz eine bunte Menge aus allen möglichen
Ständen drängte sich dort zusammen und erwartete
mit einem gemischten Gefühl von Neugier und
Furcht den Ausgang des Gefechts.

Der kurze Wintertag neigte sich schon fast zu
Ende, als der Streit begann und ein blutiges, eine
Stunde dauerndes Ringen folgte. Für den tapfern
alten Veteranen, den seine Entschlossenheit und
Tapferkeit verführt hatten, sich mitten in die
Reihen der Hugenotten zu stürzen, war der Ausgang
ein unglücklicher. Fünf Mal wurde er verwundet,
dennoch stritt er muthig, da traf ihn der Todesstreich

und mitten unter den Todten und Sterbenden lag
er auf dem Schlachtfelde. Noch lebend, wiewohl
mit dem Tode ringend, wurde er in die Mauern
zurück getragen, die er erst einige Stunden vorher
in sehr verschiedener Weise verlassen hatte. Die
Nacht war finster und regnicht, seine Schmerzen
waren schrecklich und er wünschte seinen letzten
Athem auf der Stelle, wo er lag, auszuhauchen,
seine Umgebung aber drang in ihn, sich nach Paris
tragen zu lassen, wo er am andern Tage verschied, indem er bis auf den letzten Augenblick eine staunens-
werthe Festigkeit und Geduld bewahrte.

Der Hof veranstaltete ein großartiges Leichen-
begängniß für den strengen alten Krieger, dessen
rauhes, finsteres Wesen ihn bei so Vielen verhaßt
machte und dessen Glaubensschwärmerei nur zu sehr
mit dem Geiste damaliger Zeit in Einklang stand.
Nach seinem eigenen Wunsche wurde er auf seinem
Lieblingssitz Ecouen, wo Palissy so lange Zeit in
seinem Dienste arbeitete, begraben. Unserm Bernard war er ein edelmüthiger Beschützer und zuverlässiger Freund gewesen und seine Hand war es, die
sich ausstreckte, ihn vom Galgen zu erretten.

Wollte Gott, dies wäre aus einem erhabeneren
Beweggrund geschehen, denn aus bloßer Liebe zur
Kunst! alsdann möchte er sich vielleicht eines Tages

unter Denen befunden haben, an die die freuden=
vollen Worte gerichtet sind: „Was ihr gethan habt
Einem unter diesen meinen geringsten Brüdern, das
habt ihr mir gethan."

Glücklicherweise ist es für unsere Erzählung
nicht nothwendig bei der allbekannten Geschichte der
Bluthochzeit zu verweilen. Die grauenhaften Schrecken
derselben sind jedem Leser der Geschichte nur allzu
bekannt. Bernard, der ein Augenzeuge davon ge=
wesen ist, entkam, indem er zufällig um jene Zeit
mit einer seiner vielseitigen Arbeiten, deren wir be=
reits Erwähnung gethan haben, beschäftigt war, und
die ihn nach Chaulness, wo er einen Park nach dem
Plan, wie er ihn in seinem „ergötzlichen Garten"
beschrieben hat, anzulegen hatte.

Es befand sich unter den zahlreichen Männern
der Wissenschaft, mit welchen Palissy Umgang hatte,
Einer, der mit genauer Noth dem allgemeinen Blut=
bade entging. Es war dieses Ambroise Paré, erster
Leibarzt des Königs, der ein wahrhaft frommer und
vortrefflicher Mann gewesen zu sein scheint. Nach=
dem er die reformirte Lehre angenommen, hielt er
sich standhaft zu derselben, und ungeachtet der vielen
Gefahren in seiner Stellung, blieb er dabei, seine
Grundsätze öffentlich zu bekennen. Da er als Ketzer
Haß und obendrein den boshaften Neid einer Menge

seiner Collegen auf sich gezogen hatte, war er auch
als Opfer ausersehen, und Carl IX., der der Ge=
schicklichkeit Parés sein Leben verdankte und der,
wie es heißt, „ihn unendlich lieb hatte," traf Maß=
regeln zu seiner Sicherheit. „Ich will dir erzählen,
mein Freund," hub er an, als er Bernard die Be=
gebenheiten jener ereignißvollen Nacht erzählte, „wie
es mir ergangen ist und was ich sah und hörte. Ich
war bis spät in der Nacht bei dem Admiral*) be=
schäftigt und war im Begriff, ihn zu verlassen, als
ein Leibhusar eintrat und mir den Befehl brachte,
augenblicklich beim Könige zu erscheinen. Ich ge=
horchte und fand ihn in sichtlicher Angst. ‚Gut, daß
Ihr kommt, mein lieber Ambroise, Ihr müßt diese
Nacht bei mir und zwar in meinem Gemach bleiben.‘
Mit diesen Worten schob er mich in sein Ankleide=
zimmer und fügte dann hinzu: ‚hütet euch, von hier
euch zu entfernen. Es würde unklug sein, Euch, der
uns das Leben rettete, auf solche Weise morden zu
lassen‘. Mein Versteck stieß an einen Saal, in wel=
chem der König blieb und wohin nach Mitternacht
auch die Königin kam, offenbar in der Absicht, auf
ihren Sohn ein wachsames Auge zu haben. Vier
der Hauptverschworenen waren gegenwärtig, alle

*) Coligny, der in derselben Nacht ermordet wurde.

drangen in ihn, den Muth nicht sinken zu lassen, während seine Mutter sich bemühte, durch alle Mittel, die ihr zu Gebote standen, seinen Zorn zu reizen und die Stimme seines Gewissens zum Schweigen zu bringen. Obgleich ich nicht alles, was vorging, verstehen konnte, trafen doch einige abgerissene Worte gelegentlich mein Ohr, und das Aussehen Carls und die Worte, die er zu mir gesprochen, genügten, um mich zu überzeugen, daß eine schreckliche Krisis im Anzuge sei. Plötzlich unterbrach ein einzelner Pistolenschuß das ringsum herrschende Schweigen. Es war finster, der Morgen graute noch nicht, als das verabredete Zeichen durch die Todtenstille der Nacht drang, die Sturmglocke auf St. Germain gab ihr furchtbares Lärmsignal. Die Königin und ihre beiden Söhne schleichen mit leisen Schritten durch des Königs Schlafzimmer nach dem Fenster in dem kleinen heimlichen Gemach, welches das Thor des Louvre übersah, und dort, das Fenster öffnend, erwarteten diese drei erbärmlichen, schuldbeladenen Geschöpfe den Anfang des schauerlichen Trauerspiels. Alsbald hörte man den Ruf: ‚Vive Dieu et le Roi!‘ (es lebe Gott und der König!), und bewaffnete Männer stürzten aus den Thoren hervor, marschirten durch die Straßen und eilten, ihr blutiges Werk zu vollbringen.

„Ungefähr um fünf Uhr Morgens wagte ich es,
das Ankleidezimmer zu verlassen und begierig zu
sehen, was vorging, schaute ich aus einem der Fenster,
welches nach der Vorstadt St. Germain sah, wo
Montgomery, Rohan, Pardaillan und viele andere
calvinistische Edelleute wohnten. Wie du weißt, liegt
diese Vorstadt auf dem, dem Louvre entgegengesetzten
Ufer des Flusses. Alles war bis jetzt in jener Richtung noch still gewesen, aber das Läuten der Sturmglocke und das Geschrei und Geheul, welches über
den Fluß hinüberdrang, hatte die Hugenotten geweckt,
die, ein Unheil ahnend, sich eiligst bereit machten
über den Fluß zu setzen, um ihren Freunden zu
Hülfe zu kommen; als sie aber im Begriff waren,
sich einzuschiffen, bemerkten sie mehrere Böte, mit
schweizer und französischen Garden angefüllt, sich
nähern, welche auf sie zu feuern anfingen. Es wird
behauptet, daß man den König selbst, von seinem
Fenster aus Zeichen geben und anscheinend ihre Bewegungen leiten gesehen habe. Diesen Wink ließen
sie sich rechtzeitig dienen, durch schleunige Flucht ihr
Leben in Sicherheit zu bringen. Sie bestiegen ihre
Pferde und ritten in größter Eile davon." „Gott
sei Dank! daß sie entkamen, wie ein Vogel aus der
Hand des Vogelstellers. Mögen sie leben, um das
Blut der Heiligen zu rächen." „Ich werde ihn

nimmer vergessen," fuhr Paré fort, „den Anblick,
als das strahlende Licht eines Augustmorgens die
Gräuel, welche verübt worden waren, in ihrer ganzen
Ausdehnung enthüllte. Die herrliche, glühende
Sonne, den blauen, unbewölkten Himmel in ihrer
großartigen Schönheit, über unserm Haupte und zu
unsern Füßen das blutgefärbte Wasser der Seine
und die Straßen mit verstümmelten Leichen bedeckt.
Es war zu schrecklich. Das Ganze zu krönen, war
es am heiligen Sabbath.

„Gegen Abend des zweiten Tages ließ der König
mich abermals rufen. Krank vor Grauen und Reue
umdüsterten sich sein Geist und seine Sinne. ,Am=
broise,' sagte er, indem er mit mir in sein Cabinet
ging, ,ich weiß nicht, was mir fehlt, allein seit den
letzten zwei oder drei Tagen fühle ich, daß Beides,
Körper und Gemüth in großer Unordnung sich be=
findet. Ich sehe nichts als scheußliche, mit Blut
bedeckte Gesichter um mich her. Ich wollte, die
Schwachen und Unschuldigen wären verschont wor=
den.' Ich benutzte diesen günstigen Augenblick den
unglücklichen Monarchen zu erweichen, und ihn zu
drängen, dem Morden auf der Stelle Einhalt zu
thun und in der That ließ er unter Trompetenschall
ein Gebot verkünden, welches bei Todesstrafe alle
weiteren Gewaltthätigkeiten untersagte." „Ach!"

sagte Palissy, „keine Hand streckte sich aus, den
größten Bildhauer Frankreichs, Jean Goujon, den
größten Meister meines Freundes und Mitarbeiters
Bullant, zu retten. Er wurde auf dem Gerüst er=
schlagen, als er an den Karhatiden*) des Louvre
arbeitete; den Meißel noch in der Hand, fiel er zu
Füßen des Marmorblockes, den sein Geist dem
Leben gleich formen sollte." „Keine Macht konnte
die Wuth des Pöbels bändigen. Vergebens war des
Königs Gebet und umsonst die Anstrengungen der
Bürger und der höheren Klassen. Tage lang währte
das barbarische Schlachten. Ach! mein Freund",
schloß Paré seine Erzählung, „jene verhängnißvolle
Nacht wird eine dunkle Seite in unserer Geschichte
bilden, welche die Franzosen vergeblich auszulöschen
oder aus den Geschichtsbüchern herauszureißen
wünschen werden."

---

*) Weibliche Figuren, welche das Gebälk eines Gebäudes
tragen.

4. Kapitel.

Auch redete er von Vieh, von Vögeln, von
Gewürme und von Fischen.

1 Könige 4, 33.

Wir lernen aus seinen eigenen Worten, daß
König Salomo inmitten aller seiner Majestät und
Herrlichkeit nichts wahrhaft Befriedigendes für
seinen Geist fand. Er entdeckte, daß Silber und
Gold, kostbare Gewänder, Sänger und Sängerinnen,
alle Schätze des Ostens ihn nicht glücklich machen
konnten. Sie gewährten auf die Dauer ihm nicht
einmal Unterhaltung; er verlangte Besseres. Und
ein reineres, geläutertes und anhaltenderes Vergnügen schmeckte er, wenn er die Kräfte seiner thätigen nach Wissen dürstenden Seele der Erforschung
der Natur, den Werken aus der Hand Gottes, den
unendlich vielfältigen und schönen Erzeugnissen des
Feldes, des Waldes und der Seen in Judäa zu-
wandte. Er durchforschte sie mit Fleiß und dann,
„redete er" von ihnen — redete von dem an vielerlei verschiedenen Arten so reichen Thierreich und
„redete auch von Vieh, von Vögeln, von Gewürme
und von Fischen". Sehr anziehend muß es gewesen
sein, den großen Salomo von den Werken aus der
Hand Gottes reden zu hören und es ist kein Wunder,
daß die heiligen Männer diesen Umstand niederge-

schrieben haben. Am erbaulichsten von Allem muß
es für seine denkenden Zuhörer gewesen sein, wenn
sie die moralische Erscheinung, die er selbst darbot,
näher betrachteten, — seine Erholung, seine Er-
heiterung, sein Vergnügen, nach den Mühseligkeiten
und nach der Erkenntniß der Eitelkeit aller irdischen
Schätze und weltlichen Ehren in der Betrachtung
der Lilie auf dem Felde, wie sie wächst, und der
Vögel unter dem Himmel, wie Gott für sie sorgt,
suchend.

Aber wenn Salomo in dieser Beschäftigung eine
Erholung von der Langweile und Uebersättigung
fand, wie Viele, in allen nachfolgenden Zeitaltern
haben Hülfe und Trost nach unvermeidlichen Sorgen
und schmerzlichen Prüfungen darin gefunden. Es
hat Männer gegeben, die erklärten, daß es einzig
und allein das Studium der Natur war, die ihnen
ihre Lage erträglich machte, indem sie dadurch ihre
Seele von schmerzlichen und drückenden Gedanken
abzogen. Es muß dieselbe Empfindung gewesen
sein, die Palissy vermochte, inmitten der sich in seinen
Tagen stets wiederholenden Schrecknisse, sich in
sein Gemach zurückzuziehen, oder in Feldern und
Höhlen umherzustreifen, wo er nach den „bemerkens-
werthen und außerordentlichen Dingen“ suchte,
welche er „aus dem Schooß der Erde holte“, und

zu den andern Dingen that, dem aufgehäuften Schatz
langer Jahre. Wir finden ihn noch als denselben
Bernard — unverändert durch Zeit und Glück;
ebenso anspruchslos, eben so unverdrossen im Forschen
und ebenso begeistert in seinem Ausdruck als zu
Saintes in den Tagen seiner Jugend. Auch hatte
er einige gleichgesinnte Gefährten und Freunde ge=
funden. Unter diesen befand sich, wie wir gesehen
haben, Ambroise Paré, der viel Sinn für Naturge=
schichte hatte, und selbst eine Sammlung werthvoller
und seltener Arten, namentlich von ausländischen
Vögeln besaß, die er hauptsächlich Carl IX. zu ver=
danken hatte, der ihm viel des Seltensten und
Schätzbarsten zur Aufbewahrung zu übergeben pflegte.

Dann waren ferner da „Maistre François
Choisnyn," Arzt der Königin von Navarra, ein Bu=
senfreund Bernards, von dem er sagte: „Seine Ge=
sellschaft und seine Besuche waren eine Quelle großen
Trostes für mich." Diese Beiden machten im Jahre
1575 eine kleine Entdeckungsreise in das Innere der
Erde, um die Bildung derselben zu erforschen. „Er
hatte mich oft von diesen Dingen sprechen hören,"
erzählt Palissy, „und da ich wußte, daß es ihm
Freude machen würde, bat ich ihn, mich in die Stein=
brüche, nahe bei St. Marceau, zu begleiten, damit
ich ihm für das, was ich ihm in Bezug auf Verstei=

nerungen gesagt hatte, einen augenscheinlichen Beweis liefern könne. Voll Eifer für dieses Unternehmen, ließ er augenblicklich Wachsfackeln bringen,
und indem wir noch seinen Schüler, der bei ihm
Arzeneikunde studirte, Namens Milon *), mitnahmen,
begaben wir uns in Begleitung zweier Steinbrecher
nach den genannten Steinbrüchen. Dort sahen wir,
was mir längst zuvor bekannt war, Steine, die wie
Eiszapfen gestaltet waren, denn ich hatte eine Anzahl solcher Steine, welche auf Befehl der Königin
Mutter von Marseilles gebracht worden waren,
sowie auch einige zwischen den Klippen an den Ufern
der Loire gesehen. Wir sahen nämlich in diesen
Steinbrüchen das durchsickernde Wasser in unserer
Gegenwart erstarren, womit meine Behauptungen
bewiesen waren."

Ein anderes Mal, als er mit seinem Freunde
spazieren ging, wurde er auf ihrer Wanderung
durchs Feld sehr durstig, und als sie in ein Dorf
kamen, erkundigte er sich, wo er eine gute Quelle
finden könne, um sich zu erfrischen. Man sagte ihm
aber, daß es in jener Gegend keine Quelle gäbe,
alle ihre Brunnen seien trocken, in Folge der Dürre,
und daß ihnen nichts als ein wenig trübes Wasser

---

* Nachmals Leibarzt Heinrichs IV.

übrig geblieben sei. Dieses verursachte ihm „viel
Verdruß," und wenn er sein Erstaunen über die
Noth, welche die Bewohner des Dorfes durch diesen
Mangel an Wasser dulden mußten, ausdrückte, nahm
er Veranlassung, seinem Begleiter seine Theorie
über die Quellen zu erklären, worin er einen Lehr=
satz aufstellte, der bis auf den heutigen Tag noch
als durchaus richtig angesehen wird.

Dieser Gegenstand erinnerte Bernard an seine
frühere Heimath, und er erzählte: „In Saintes,
welches eine sehr alte Stadt ist, findet man noch
die Reste einer Wasserleitung, vermöge welcher man
in früheren Zeiten das Wasser aus einer Entfernung
von reichlich zwei Meilen herbeileitete. Jetzt giebt
es keine alten Fontainen mehr, womit ich nicht ge=
sagt haben will, daß wir die Quellen verloren hät=
ten, denn es ist wohl bekannt genug, daß die alte
Quelle der Stadt Saintes noch auf derselben Stelle
sich befindet, wo sie früher war; um sich davon zu
überzeugen, machte der Kanzler de l'Hôpital, auf
seiner Rückreise von Bayonne, einen Umweg, und
war voll Verwunderung über die Vortrefflichkeit des
Wassers dieser Quelle. Gegenwärtig liegt in der
Nachbarschaft von Saintes, an der Küste, zwischen
den Marschen von Saintogne, eine kleine Stadt,
welche Brouage heißt. Ihr Name deutet auf ihre

Natur hin, denn das Wort ‚brou‘ heißt soviel als
Marschland. Diese Stadt hat während des Bür=
gerkrieges zwei Belagerungen ausgehalten; die letzte
im Jahre 1570. Während der Belagerung litt sie
sehr am Wassermangel, und ich bin eben jetzt in
dieser Zeit mit einer Denkschrift an den Gouverneur
und die Einwohner derselben beschäftigt, um ihnen
auseinander zu setzen, daß die Lage des Ortes sehr
passend sei, mit geringen Kosten einen Springbrun=
nen anzulegen“.

„Deine Erzählung“, entgegnete sein Freund,
„erinnert mich daran, auf welche merkwürdige Weise
vor vier oder fünf Wintern die Stadt Nimes in die
Hände der Hugenotten fiel“.

Palissy drückte den Wunsch aus, die näheren
Umstände davon zu erfahren, da ihm diese Begeben=
heit nur unvollkommen bekannt sei, und, da diese
Geschichte überhaupt ein treffendes Bild von dem
Geiste, welcher dermalen selbst unbedeutende Per=
sonen in Sachen der Religion und Freiheit beseelte,
liefert, wollen wir dieselbe hier erzählen.

Der Statthalter von Nimes, ein grausamer
alter Mann, hatte die Hugenotten mit der äußersten
Grausamkeit behandelt und eine große Zahl dersel=
ben ausgeplündert und verbannt, die sich darauf in
die benachbarten Städte zurückgezogen hatten. Un=

ter denen, die in Nimes zurückgeblieben waren, befand sich ein Zimmermann, Maderon mit Namen,
der beschloß, die Stadt den Händen der verbannten
Brüder zu überliefern. Zur Erreichung seines
Zweckes ersah er sich den berühmten Springbrunnen,
dessen reichliches Wasser zwischen dem Thor Carmes
und der Burg in einem Kanal hindurch floß, der
durch ein Gitter verschlossen war. Grade darüber
und nahe bei dem Schloß war eine Schildwache aufgestellt, die alle Stunde abgelöst wurde. Wenn dieselbe den Posten verlassen wollte, pflegte sie eine
Glocke zu läuten, um den Soldaten, der sie ablösen
mußte, aufmerksam zu machen, daß er zu kommen
und ihren Platz einzunehmen habe. Eine kurze Zeit
verging jedes Mal zwischen dem Abgang des einen
und der Ankunft des andern Soldaten und Maderon,
der sich diesen Umstand wohl gemerkt hatte, unternahm es, in diesen kurzen Zwischenräumen die
Stangen des Gitters durch zu feilen.

Er richtete sein Unternehmen in folgender Weise
aus. Abends stieg er in den Kanal hinab, mit einer
Schnur um den Leib, dessen Ende von einem Freunde
angezogen wurde, wenn der eine Soldat sich von
seinem Posten entfernte, und ebenso, wenn der andere auf dem Posten eintraf. Während dieser wenigen Augenblicke arbeitete Maderon, dann hörte er

auf und wartete in Geduld, bis wiederum eine Stunde verflossen war. Am Morgen bedeckte er seine Arbeit mit Schlamm und Wachs. In solcher Weise arbeitete dieser unermüdliche Mann fünfzehn Nächte, das Geräusch, welches er machte, wurde durch das Rauschen des Wassers erstickt. Nicht eher, als bis seine Arbeit fast vollendet war, setzte er die Verbannten von seinem Erfolg in Kenntniß und forderte sie auf, Besitz von der Stadt zu nehmen. Es scheint, daß es denselben an Muth gebrach, und während sie unentschlossen zögerten, wurden sie, ungeachtet der Himmel sonst ganz heiter war, durch einen plötzlichen Blitzstrahl erschreckt und in die Flucht gejagt; ihr Prediger aber faßte sie bei den Kleidern und ermahnte sie, wieder umzukehren, indem er rief: „Muth gefaßt! Dieser Blitz zeigt an, daß Gott mit uns ist."

Zwanzig von ihnen drangen in die Stadt ein und da sich Andere, die über die Grausamkeit des Statthalters erzürnt waren, zu ihnen gesellten, wurde dieselbe genommen und die Burg ergab sich einige Tage später. „Das war wahrlich eine bewundernswerthe Begebenheit", sagte Bernard. „Und die Folgen waren wichtig, da die Stadt, vermöge der großen Vorräthe, die sie enthielt, dem Kriegsheer der Fürsten, im nächsten Frühjahr große

13

Dienste leistete." „Es werden sich ohne Zweifel
eine ganze Menge Geschichtschreiber finden, die sich
mit diesen Dingen beschäftigen werden," bemerkte
Palissy, „und damit diese demnächst besser der Wahrheit gemäß schreiben können, würde ich es für weise
halten, wenn in jeder Stadt Leute ernannt würden,
welche die Begebenheiten, die während der Unruhen
sich bei ihnen zugetragen, getreulich niederschrieben.
Ich habe bereits einen kurzen Bericht von dem,
welches sich während meines Aufenthalts in Saintogne zutrug, fertig gemacht, und ich habe es Andern
überlassen, solche Dinge nieder zu schreiben, wovon
sie selbst Zeuge gewesen sind. Augenblicklich bin ich
damit beschäftigt, eine Reihe von Abhandlungen über
naturgeschichtliche Gegenstände zum praktischen Gebrauch für Landwirthe und Andere zu verfassen und
ich beabsichtige, in den Vorträgen, die ich nunmehr
begonnen habe, verschiedene, sich auf diese Dinge be-
ziehende Behauptungen, zu verhandeln, zu welchem
Ende ich, wie du weißt, diejenigen, die daran Theil
nehmen werden, zu Fragen, Widerlegungen und Be-
sprechungen aufgefordert habe".

Palissy bezog sich mit diesen Worten auf ein
Unternehmen, welches er, wie wir finden, in der
Fastenzeit des Jahres 1575 begann und welches er
ordentlich zu gewissen Zeiten mehrere Jahre lang

fortsetzte. „Da ich", bemerkt er, „viele Zeit auf
Erforschung des Erdreichs, der Steine, der Gewässer
und Metalle verwandt hatte und da das Alter mich
antrieb, mit den Gaben, welche Gott mir verliehen,
zu wuchern, hielt ich es für gut, diese kostbaren Geheimnisse an's Licht zu ziehen, um sie der Nachwelt
zu hinterlassen".

Aber, gleich einem wahren Weisen, war er vor
allen Dingen zuerst besorgt, seine Lehrsätze der Probe
einer eingehenden Beurtheilung zu unterwerfen.
Freie Verhandlung war, das wußte er, der beste
Weg, den wahren Nutzen der Wissenschaft zu fördern,
und er beschloß deshalb, die gelehrtesten Männer,
die damals in der Haupstadt wohnten, einzuladen,
in seinem Hörsaal sich einzufinden, damit er ihnen
seine Ansichten darlegen könne, und ihre Einwürfe zu
hören und zu beantworten. Er fing dieses auf eine
besondere Weise an, die er wie folgt beschreibt:
„Also indem ich so die Sache bei mir überlegte,
entschloß ich mich, an alle Straßenecken von Paris
Bekanntmachungen anschlagen zu lassen, um die gelehrtesten Doctoren und Andere um mich zu versammeln, denen ich das Versprechen gab, ihnen in
drei Vorträgen Alles, was ich in Bezug auf Quellen,
Steine, Metalle und andere Naturalien erforscht
hatte, auseinanderzusetzen. Und damit Keiner er-
13*

ſcheine, als die Gelehrteſten und Wißbegierigſten,
bemerkte ich in meiner Bekanntmachung, daß nur
die Zutritt haben ſollten, die einen Thaler bezahlen
würden. Ich that dieſes zum Theil, um zu ſehen,
ob ich es nicht dahin bringen könnte, daß meine Zuhörer mir widerſprächen, wodurch ſich vielleicht die
Wahrheit beſſer ergründen ließe, als durch die Be-
weisgründe, welche ich vorbringen könnte. Ich
wußte recht gut, daß wenn ich irgend etwas Unrich-
tiges vorbringen ſollte, Griechen und Lateiner mir
in's Geſicht widerſprechen und mich nicht ſchonen
würden, ſowohl des Thalers wegen, den ſie bezahlt,
als auch der Zeit wegen, die ſie auf meine Veran-
laſſung verloren hatten. Denn unter meinen Zu-
hörern waren Wenige, die nicht während der Zeit,
die ſie in meinen Vorträgen zubrachten, ſonſtwo
hätten profitiren können. Ich verſprach auch in
meinem Anſchlagzettel, daß wenn dasjenige, welches
ich verſpräche, ſich nicht als zuverläſſig erwieſe, ich
das Vierfache zurückerſtatten wolle".

Dieſer Verſuch hatte einen ſehr guten Erfolg.
„Gott ſei Dank!" ruft der triumphirende Paliſſh
aus, „auch nicht ein Mann widerſprach mir mit
einem einzigen Worte".

Welche Perſonen ſich um Paliſſh in ſeinem
ʿeum (ſo nannte er den Saal, wo er ſeine natur-

geschichtlichen Sammlungen aufbewahrte) bei dieser
Gelegenheit versammelten, wissen wir von ihm selbst.
Er hat nämlich ein Namensverzeichniß von mehr
als dreißig derselben hinterlassen, darunter viele ge-
schickte Aerzte, berühmte Wundärzte, große Herren
und Edelleute, betitelte Geistliche, ebenso einige
Rechtsgelehrte und Andere mehr, die eine gemein-
same Liebe zu wissenschaftlichen Forschungen zu-
sammengebracht hatte. Das waren keine Müßig-
gänger, sondern eine Versammlung der auserlesensten Gelehrten, die dem durch sich selbst gebildeten
Weisen, dem klugen und kräftigen alten Mann zu-
hörten, welcher, indem er seine Verträge, durch
Vorzeigen der Gegenstände, von denen die Rede war,
erläuterte, sein Cabinet in einen Hörsaal verwandelte.
Auf solche Weise wurde er der erste, der in der französischen Hauptstadt eine Reihe von Vorlesungen
über natur=historische Gegenstände hielt, und zwar
in dem ersten Naturalien=Cabinet, welches dort dem
Publikum zugänglich war. Indem nun Bernard
durch die günstige Meinung solcher Richter — denn
„zuverlässigere Zeugen, oder Männer erfahrener
in den Wissenschaften" konnte er nicht finden —
unterstützt wurde, „faßte er Muth", über vielerlei
Dinge zu reden, von welchen er sich einen erstaun-
lichen Grad von Kenntniß erworben hatte.

Die Wissenschaft, welche der selbstgebildete Töpfer lehrte, war der Art, daß sie ihm die Bewunderung von Männern unserer Zeit, wie Buffon, Haller und Cuvier erwarb.

5. Kapitel.

Sei getreu bis in den Tod.
Offb. 2, 10.

„Die Zahl meiner Jahre hat mir den Muth gegeben, euch zu sagen, daß ich, als ich vor kurzer Zeit meinen Bart betrachtete, dadurch veranlaßt wurde, über die wenigen Tage nachzudenken, welche mir noch übrig bleiben, meinen Lauf zu vollenden; und dieses bewog mich, die Lilien, das Korn, und viele andere Pflanzen zu bewundern, deren grüne Farbe sich in Weiß verwandelt, wenn sie ihre Frucht bringen wollen. So werden auch gewisse Bäume grau, wenn sie fühlen, daß ihr Leben zu Ende geht. Eine ähnliche Betrachtung hat mich daran erinnert, daß geschrieben steht: ‚Wer seine Thorheit verbirget, der ist besser, als ein Mensch, der seine Weisheit verborgen hält.‘“ Wir blicken Palissy über die Schulter, als er seine Silberlocken über seinen Schreibtisch neigt, und die Zuneigung seines letzten ...ndes der „Bewunderungswürdigen Abhandlun-

gen" zu schreiben beginnt. Die Ueberschrift lautet
wie folgt: — „Dem hohen großmächtigen Herrn,
Herrn Antoine de Pons, Ritter des Ordens des
Königs, Hauptmann von hundert Edelleuten und
Sr. Majestät getreuer Rath". Es ist sein alter
Gönner, dem er diesen Tribut liebevoller Hochach=
tung zollt. Der gute alte Herr war wahrscheinlich
noch älter als er, allein seine Freundschaft hatte sich
die langen Jahre hindurch bewährt und ihr Verhält=
niß zu einander hatte sich „in diesen letzten Tagen"
zu beider Freude und Erbauung erneuert. Ihre
Unterhaltung hatte sich häufig „verschiedenen Zwei=
gen der Wissenschaften, nämlich der Philosophie,
Sternkunde und vielen andern mit der Mathematik
verwandten Künsten" zugewandt, und Bernard er=
klärt, daß er, ohne zu schmeicheln, davon überzeugt
worden sei, daß die wunderbaren Fähigkeiten des
alten Ritters „mit den Jahren eher zu= als abge=
nommen hätten".

Es ist erfreulich, zu sehen, daß Bernard auf
diese Weise die Freundschaft früherer Jahre aufrecht
erhält, allein noch viel erfreulicher ist, daß er
seinen Glauben rein bewahrt hat, und daß die Quelle,
aus welcher sein Eifer in der Verfolgung der
Wissenschaft floß, dieselbe geblieben war. Am
Schlusse eines frommen und thätigen Lebens, erin=

nerte er sich, daß ihm noch etwas zu thun übrig geblieben sei. Er hatte die wunderbaren Geheimnisse
der Natur erlauscht zur Verherrlichung Dessen, der
ihm das Ohr zum Hören und das Auge zum Sehen
und Beobachten verliehen hatte; und indem er jetzt auf
den leitenden Grundsatz seines ganzen Lebens, —
nämlich auf jene ernste Ueberzeugung seiner Verant-
wortlichkeit zurückkommt, — sagt er: „Es ist nicht
mehr als recht und billig, daß der Mensch bemüht
ist, mit den Gaben, die er von Gott erhalten hat,
zu wuchern, wodurch er ja nur Sein Gebot erfüllt.
Aus diesem Grunde habe ich mich bemüht, diejenigen
Dinge ans Licht zu bringen, von denen es Gott gefallen hat, mir ein Verständniß zu verleihen. Nachdem ich eingesehen, wie manche verderbliche Irrthümer verbreitet sind, habe ich mich daran gegeben,
während eines Zeitraums von vierzig Jahren in
der Erde zu wühlen, ihre Eingeweide zu durchsuchen,
um die Dinge kennen zu lernen, die sie in ihrem
Inneren hervorbringt, und dadurch habe ich Gnade
vor Gott gefunden, Der mich hat Geheimnisse verstehen lassen, die bis jetzt selbst den Gelehrten unbekannt geblieben sind.‟

Das Buch mit jener Zueignung und dieser Vor-
rede enthält die gereifte Frucht seiner Studien als
    turforscher. Es ist eine Sammlung kurzer Ab-

handlungen über Wasser und Quellen, Metalle, Salze, Steine und Erdarten, Feuer, Email und vieler anderer Dinge noch, außerdem auch eine Abhandlung über Mergel, „sehr nützlich und nothwendig für Solche, die Landwirthschaft betreiben". Es wurde im Jahre 1580 zu Paris herausgegeben, als der Verfasser desselben bereits über siebenzig Jahre alt war.

Vier Jahre später hielt er in seinem Museum noch Vorlesungen, und zu diesem Zwecke wanderte er dann und wann am Flußufer oder sonst irgendwo umher, um Etwas zur Erläuterung einer Vorlesung, die er zu halten gedachte, zu suchen. So sah man ihn eines Tages im Winter am Ufer der Seine, den Tuilerien gegenüber, umgeben von einem Haufen Zuhörer und Gegner, unter welchen sich mehrere Schiffer befanden, die hartnäckig behaupteten, was Palissy bestritt, nämlich, daß die treibenden Eismassen vom Grunde des Wassers heraufkämen. Unter Jenen, die mit Interesse und Verstand seine Belehrung anhörten, befand sich auch der Sieur de la Croix Dumaine, welcher später in einem Buche, welches 1584 herauskam, Palissy als einen „Naturkundigen und einen Mann von merkwürdigem Scharfsinn und Verstand" beschreibt, „der in Paris glänze, und Vorlesungen über seine Wissenschaft und seine Kunst halte".

Er war ein rüstiger Greis und sah so viel jünger aus, als er wirklich war, daß der Sieur ihn wenig mehr als sechszig Jahre alt schätzte. Er würde aller Wahrscheinlichkeit nach noch einige Jahre länger Vorlesungen über die Wunder der Erde und des Wassers gehalten haben; jedoch schon wenige Monate später würden wir ihn vergeblich in seinem geliebten Museum, oder auf seinen lieblichen Spaziergängen in der Umgebung von Paris gesucht haben. Er weilte dort nicht mehr, sondern innerhalb der Mauern des unheimlichen Staatsgefängnisses der „Bastille," wo er eingekerkert worden war.

Ungeachtet er in seinen Vorlesungen sowohl, als in seinen Schriften jegliche Anspielungen auf die Streitfragen und Unruhen jener Zeit sorgfältig vermieden hatte, war er doch als ein standhafter Hugenot allgemein bekannt, als ein Mann, den nichts vermögen konnte, seinen Glauben zu ändern oder zu verheimlichen. Es waren in der That „böse Tage", in welchen sein Loos gefallen war. Es wäre schon Kummer und Trübsal genug gewesen, zu jener Zeit in Paris zu wohnen, und die Laster, den Leichtsinn und den Aufruhr mit anzusehen, die überall herrschten. Wahr, sehr wahr ist es, daß zwischen den Ausschweifungen der Verderbtheit und denen der Bigotterie ein merkwürdiger und inniger Zusammenhang besteht. Nirgend ist die Wahrheit dieses Satzes treffender bewiesen, als an dem französischen Hofe, während der Regierung des Hauses Valois. Die religiösen Ideen des Hofes, an welchem die wüthendste Intoleranz herrschte, geben uns hinreichende Beweise dafür. Die niedrigsten und blutgierigsten Leidenschaften wurden durch die Ceremonien der Religion aufgestachelt. Die Predigten der Priester der „Ligue" waren gleich Fackeln, die das ganze Königreich in Flammen setzten. Die ruchlosesten und aufreizendsten Schauspiele wurden den Augen des Pöbels dargeboten. Zum Beispiel in Cartres, wo ein Kapuziner Mönch in Gegenwart Heinrichs III. den Heiland darstellte, wie er den Berg Golgatha hinansteigt. Diesem elenden Priester träufelten scheinbar Blutstropfen unter der Dornenkrone hervor, und mit Mühe schien er das Kreuz von angemalter Pappe, welches er trug, den Berg hinan zu schleppen, während er immerfort einen gellenden Schrei ausstieß und unter seiner Bürde zusammensank. Der König selbst, über und über in die lasterhaften Lustbarkeiten des Hofes versunken, ließ sich unter die Geißelbrüder aufnehmen, und, in feierlicher Prozession, gingen König, Königin und Cardinal an der Spitze der weißen, schwarzen und blauen Mönche, als sie barfuß die Stadt durchzogen,

mit entblößtem Haupte, Rosenkränze von Menschen-
schädeln um die Hüften gebunden und ihren Rücken
mit Stricken geißelnd, bis das Blut herabfloß. Die
Scheußlichkeit, welche die Soldaten der „Ligue" in
vielen Kirchen vollführten, können wir unmöglich
hier erzählen. Seit der Metzelei in der Bartholomäusnacht war der Pöbel von Paris mit Blut ver-
traut geworden und überall herrschte ein Geist der
größten Grausamkeit. Meuchelmorde, Folterungen
und Hinrichtungen waren an der Tagesordnung,
und die extreme römisch katholische Partei, welche
zu jener Zeit der Stadt innigst anhing, hatte
sich verbindlich gemacht, die Hugenotten auszurotten.

An der Spitze der „Ligue" stand der Herzog
von Guise, der Gewaltthätigste von den Gewalt-
thätigen unter den Römisch-Katholischen, den man,
anstatt des unwürdigen und verachteten Heinrich,
zum König zu machen wünschte. Endlich im Jahr
1585 schloß der König, indem er keinen andern Aus-
weg aus der großen Gefahr, die ihm drohte, sah,
auf Kosten der Reformirten Frieden mit dem Herzog und erließ eine Verordnung, welche in Zukunft
jeden reformirten Gottesdienst untersagte und allen
Anhängern bei Todesstrafe und Verlust ihrer Güter
befahl, ihren Glauben abzuschwören, oder auf der
Stelle auszuwandern. Dies war keine der kleinlichen

Hofzwistigkeiten, sondern die Interessen Aller wur=
den dadurch berührt und die Freiheit, der Glaube,
das Vermögen und das Leben eines jeden Mannes
dadurch gefährdet. Diese Verfügung wurde so
strenge durchgeführt, daß sogar die Bitte einiger
armen Frauen, die um die Erlaubniß baten, mit
ihren Kindern in irgend einem entlegenen Winkel
des Königreiches wohnen zu dürfen, abschläglich be=
schieden wurde. Das Aeußerste, was sie verlangen
konnten, war, daß ihnen sicheres Geleit nach Eng=
land versprochen ward. Flucht war bei Palissy
außer Frage, und er blieb, der Gnade von Männern
anheimgegeben, die weder Alter, Tugend noch Un=
glück achteten. Daß er Freunde habe, die ihm mit
Freuden ihren Schutz verliehen hätten, war bekannt
genug; ja der König selbst würde gerne einen Mann
beschirmt haben, der so lange Jahre seiner Mutter
mit Geschick und treu gedient hatte. Allein der
Schutz des Hofes war jetzt unzulänglich geworden,
und der ehrwürdige Greis wurde in die Bastille
geschickt.

Die vier letzten Jahre seines Lebens brachte
Bernard in den Mauern dieses Gefängnisses zu.
Diese Zeit verlebte er, den Augen der Menschen
entzogen, innerhalb jenes düstern Gebäudes, woran
der bloße Gedanke jeden Menschen mit Grauen erfüllt,

in Gemeinschaft mit Gott und seiner Seele. Tiefes
Schweigen und Verschlossenheit war die erste Regel
bei der Verwaltung der Bastille, und wer einmal
dort untergebracht war, um sein Leben in den feuchten, trübseligen Zellen hinzubringen, wurde sorgfältig vor aller Kenntniß dessen, was draußen in
der geschäftigen Welt vorging, bewahrt, während
es auch nicht gestattet wurde, daß irgend eine Nachricht von ihm seine Verwandten oder früheren Bekannten erreichte.

Abgeschlossen von dem Genuß des herrlichen
Anblicks der Natur, den Schätzen der Wissenschaft
und der Erholung in geselliger Unterhaltung, war
das Loos eines solchen Gefangenen schrecklich, wenn
er nicht durch göttlichen Trost aufgerichtet wurde.
Wir wissen nicht, in welche Worte unser geliebter
Palissy seine Gedanken gekleidet haben würde, hätte
er aus diesem lebendigen Grabe heraus zu uns
reden können, indeß die folgende Stelle, die sich in
einer Erzählung eines Mannes findet, der mehrere
Monate als Gefangener daselbst saß, liefert ein erhabenes Beispiel, wie selbst unter solchen Umständen eine Seele durch die Hoffnungen aufgerichtet
wurde. „Ich erinnere mich", hebt der Erzähler
an, „mit demüthiger Dankbarkeit an den ersten
Trostgedanken, der in diese Finsterniß hinein drang.

Es war der Gedanke, daß weder die dicken Wände,
noch die mächtigen Riegel, noch alle Wachsamkeit
der argwöhnischen Gefangenwärter mich vor den
Augen Gottes zu verbergen vermochten. Dieser
Gedanke erquickte mich und gewährte mir während
meiner Gefangenschaft unendlichen Trost und trug
hauptsächlich dazu bei, daß ich dieselbe mit einem
Grad von Standhaftigkeit und Ergebung ertragen
konnte, worüber ich mich noch jetzt immer wieder
wundern muß. Ich fühle mich nicht mehr allein
und verlassen.

Palissy war ein wahrer Christ. Er war frei
in der Freiheit, womit Jesus Christus Sein Volk
frei macht. Daher, als ein alter und getreuer
Knecht des Herrn, war er bereit, für das Zeugniß
von Christo zu leiden bis an die Bande, ja, er hielt
sein Leben auch nicht selbst theuer, auf daß er Christum gewinne und in ihm erfunden werde.

Noch einen Blick können wir in seinen Kerker
thun. Die Thüren desselben sind noch einmal wieder aufgeriegelt, und es ist uns erlaubt, zum letzten
Mal einen Blick auf ihn zu werfen, dessen Lebensgeschichte wir mit liebevoller Theilnahme gefolgt sind.

Während das Todesurtheil an so Vielen, die
sich standhaft weigerten, der königlichen Verordnung
zu gehorchen, vollzogen worden war, so war es bei

Palissy, lediglich durch den Einfluß seiner mächtigen Freunde, verschoben worden. Aber jetzt endlich wurde der furchtbare Rath der Sechszehn dringend und drang auf die schon viel zu lange verzögerte öffentliche Hinrichtung des widerspenstigen Ketzers.

Der König war im höchsten Grade abgeneigt, dem barbarischen und blutdürstigen Rath zu Willen zu sein und entschloß sich, zu versuchen, ob nicht eine persönliche Unterredung vermöchte, den widerspenstigen Gegner des Papstthums zum Widerruf zu bringen.

Er verfügte sich, von einigen seiner leichtfertigen Höflinge begleitet, zu Bernard, um ihm Vorstellungen zu machen. Er fand denselben nicht allein, denn seine Gefangenschaft theilten zwei junge Mädchen, Töchter von Jacques Foucant, Sachwalter des Parlaments, welche, gleich ihm, wegen ihres festen Glaubens und ihrer entschlossenen Standhaftigkeit, mit welcher sie sich weigerten, den Drohungen ihrer Verfolger nachzugeben, verurtheilt worden waren.

„Mein lieber Mann", sagte der König, sich an Bernard wendend, „viele Jahre habt Ihr im Dienste Unserer Familie gestanden, und Wir haben es gelitten, daß Ihr mitten unter Scheiterhaufen und Hinrichtungen Euren Glauben behalten durftet, gegenwärtig aber werden Wir von den Guisen und

14

Unserm eignen Volke so sehr gedrängt, daß Wir
Uns gezwungen sehen, Euch den Händen Eurer
Feinde zu überantworten. Diese beiden jungen
Frauenzimmer werden morgen verbrannt werden,
und dasselbe Schicksal wird Euch treffen, wenn Ihr
Euch nicht bekehrt". „Sire", antwortete Bernard,
„ich bin bereit, zur Ehre Gottes mein Leben dahin
zu geben. Ihr sagt, Ihr fühlt Mitleid mit mir.
Vielmehr bin ich es, welcher Euch bemitleiden sollte,
der das Wort aussprechen konnte: ,Wir sehen Uns
gezwungen.' Das ist nicht die Sprache eines Königs,
und weder Ihr noch die Guisen mit ihrem ganzen
Anhang, sind im Stande mich zu zwingen, denn ich
weiß zu sterben". „Welch ein unverschämter
Mensch!" rief Einer der Höflinge, der nachmals
über dieses Zusammentreffen, wobei er zugegen gewesen, berichtete, „man sollte beinahe glauben, er
kenne den Ausspruch Seneca's, Qui mori scit cogi
nescit". *)

Zwei Monate später flammten Scheiterhaufen
auf dem Greveplatz, Mönche umstanden die Feuer,
welche die „beiden jungen Frauenzimmer", von
denen der König gesprochen hatte, in Asche verwan-
delten und die Gnade gefunden hatten, standhaft bis
ans Ende zu bleiben.

---

*) Wer sterben kann, kann nicht gezwungen werden.

Allein Palissy lebte noch. Ein mächtiger Arm hatte ihn beschirmt und vor dem Feuertode blieb er bewahrt. Er blieb noch einige Monate länger ein Gefangener in den Mauern des Staatsgefängnisses, dann kam auch für ihn die Botschaft: Du bist getreu gewesen bis an den Tod, „ich will dir die Krone des Lebens geben".

Ende.